검은 천사

검은 천사 8
임영기 장편소설

초판 1쇄 찍은 날 § 2016년 9월 8일
초판 1쇄 펴낸 날 § 2016년 9월 15일

지은이 § 임영기
펴낸이 § 서경석

편집책임 § 이지연

펴낸곳 § 도서출판 청어람
등록번호 § 제387-1999-000006호
등록일자 § 1999. 5. 31
어람번호 § 제1-2521호

주소 § 경기도 부천시 원미구 부일로 483번길 40 서경B/D 3F (우) 14640
전화 § 032-656-4452 팩스 § 032-656-4453
http://www.chungeoram.com
E-mail § chungeorambook@daum.net

ISBN 979-11-04-90962-7 04810
ISBN 979-11-04-90701-2 (세트)

8

겨울 왕국

검은
천사

FUSION FANTASTIC STORY

임영기 장편소설

도서출판
청어람

차례

C O N T E N T S

검은
천사

제50장
태풍의 눈, 연길

정필이 북경에 도착해서 그동안 꺼두었던 휴대폰을 켜고
나서 가장 먼저 걸려온 전화는 영실이다.

"웨이."

"아이고! 정필아!"

"영실 누님."

영실은 원래 정필을 '정필 씨'라고 불렀는데 보름, 아니, 정
확하게 17일 만에 정필과 통화를 하게 되자 기쁜 나머지 이름
이 그냥 튀어나왔다.

"지금 어디야?"

"북경입니다. 3시간 후에 연길 가는 비행기를 탈 겁니다."

정필도 오랜만에 큰누나 같은 영실의 목소리를 들으니까 집에 돌아온 것 같아서 마음이 푸근해졌다. 물론 그녀가 '정필아'라고 부른 것에 대해서는 아무렇지도 않았다.

"연길에 오면 나한테 곧장 오라이!"

"알겠습니다."

"아이고… 우리 정필이 보고 싶어서리 내래 죽는다이……."

북경에서 다시 비행기를 탄 정필 일행이 연길공항에 도착한 시간은 저녁 6시경이다.

정필과 김일우는 고향으로 돌아가는 심정으로 편안한데 재영과 옥단카는 몹시 긴장한 얼굴이다.

재영은 긴장했다기보다는 난생처음 와보는 중국, 게다가 조선족이 많이 거주하는 연길이라서 공항에 내리자마자 날카로운 눈빛으로 주위를 두리번거리며 살펴보았다.

옥단카는 동북삼성의 지독한 강추위는 처음이라서 북경에서 연길행 비행기를 기다리는 시간 동안에 사서 입은 두툼한 파카와 털모자, 목도리로 완전무장을 해서 눈만 빼꼼하게 내놓은 채 정필 옆에 바싹 붙어서 그의 팔을 꼭 붙잡고 있다.

정필 일행이 공항 출구로 나서자 기다리고 있던 서동원이 반갑게 손을 흔들면서 외쳤다.

"터터우! 여김다! 길우야!"

김길우의 죽마고우이며, 흑천상사의 영업부장인 서동원은 총알같이 달려와서 정필의 배낭부터 받았다.

"터터우! 고생 많으셨슴다!"

정필은 빙그레 미소 지었다.

"별일 없었습니까?"

"별일은요. 두만강이 뒤숭숭한 거이 빼면 뭐 별일이야 있갔 슴까?"

일행은 서동원이 차를 주차해 놓은 주차장으로 향했다.

"두만강에 무슨 일이 있습니까?"

서동원은 고개를 설레설레 가로저었다.

"북조선 국경수비대 군인들이 도강하는 북조선 사람들을 마구잡이로 잡아들이고, 죽이고 난리가 났슴다."

"도강하는 사람들을 죽인다는 말입니까?"

"북조선 사람들이 잘 이용하는 두만강 곳곳에 갖가지 얼레 이(餌雷)를 설치해 놓았담다."

"얼레이가 뭡니까?"

서동원은 배낭과 짐을 몰고 온 벤츠 승용차 트렁크에 실으면서 말했다.

"거 있잖슴까? 구덩이를 파서 바닥에 뾰족한 죽창을 거꾸로

세워놓든가, 그기 앙이면 대못을 박은 못 판을 뒤집어서 눈 속에 깔아놓는 거, 그런 거이 터터우께선 모름까?"

정필과 재영이 동시에 중얼거렸다.

"부비 트랩."

서동원은 부르하통하강 강변에 위치한 한식당 '삼천리강산' 의 뒤편 주차장에 벤츠를 주차했다.

정필 일행은 뒷문을 통해서 들어가 엘리베이터를 타고 곧 장 3층으로 올라갔다.

삼천리강산의 3층은 25개의 룸이 있으며 그중에 1~5호실 까지가 특실인데 정필을 위해서 영실이 마련했다. 이 5개의 특실은 평소에 일체 사용하지 않으며 정필이 누군가를 만날 때만 사용하고 있다.

땡~

엘리베이터가 3층에서 멈추고 정필이 제일 앞서 내리자 엘 리베이터 앞에서 곱게 한복을 입고 대기하고 있던 어여쁜 젊 은 여자가 정필을 보고 반색했다.

"정필 오라바이!"

그녀는 인신매매단에게 붙잡혀서 흑룡강성 산골짜기로 팔 려가 지지리 고생과 학대를 당하고 있는 것을 정필이 구해와 서 흑천상사의 아파트에서 생활하는데, 삼천리강산에서 종업원으로 일하고 있다.

"언제 오셨슴까?"

반가움에 품으로 뛰어들어 눈물을 글썽이는 22살 성주의 머리를 쓰다듬으며 정필이 미소 지었다.

"잘 있었니?"

"저는 잘 있슴다. 여기에서 월급을 3천 위안이나 받는데 그 거이 절반은 저금하고 절반은 북조선에 있는 가족에게 보내고 있슴다."

3천 위안이면 한화로 약 45만 원 정도니까 결코 적은 돈이 아니다.

성주는 정필의 손을 잡고 안내하면서도 연신 쉬지 않고 종 알거렸다.

"어머니 무릎 아픈 것은 어떻게 됐니? 치료했니?"

"옴마야… 오라바이, 우리 아매 무릎 아픈 것도 기억하고 계심까?"

"네가 말했었잖니."

"그래도…….."

성주는 자신이 지나가는 말처럼 했던 어머니 무릎 아픈 얘기를 정필이 기억하고 있다는 사실에 감격해서 눈물을 왈칵 쏟았다.

"울지 마라. 내가 너의 가족은 잊지 않고 있으니까 어떻게든지 연길에 모셔오도록 해보자."

"고맙습다… 오라바이……."

뒤따르는 김길우는 늘 봐왔던 광경이라서 빙그레 미소를 짓지만, 재영은 아직 적응이 안 돼서 바싹 긴장한 표정이고, 옥단카는 정필 옆에 껌처럼 붙어 있다.

척!

성주가 눈물을 닦으면서 열어준 문으로 성큼 들어선 정필에게로 실내에 모여 있던 사람들의 시선이 일제히 집중되었다.

"정필 군!"

"정필 씨!"

특실 1호실에 모여 있던 사람들 즉, 장중환 목사와 김낙현, 이진철, 평화의원의 강명도, 청강호, 그리고 다혜가 의자에서 일어서 정필에게 모여들었다.

한바탕 요란한 인사가 오고 갔지만 다혜는 뒷전에 물러나서 정필을 싸늘하게 흘겨보기만 할 뿐, 알은척도 하지 않았다.

정필은 다혜가 왜 그런지 알고 있다.

남쪽 루트로 떠나기 전날, 다들 김길우네 집에서 술을 많이 마셔서 취했었는데, 다음 날 새벽에 다혜를 깨우지 않고 정필 혼자 떠났었다.

그리고 그 후에 그녀가 곤명까지 찾아왔었는데도 정필은

시간이 촉박해서 기다리지 않고 베트남 밀림 속으로 들어가 버렸기 때문에 그녀는 허탕을 치고 다시 혼자서 연길로 돌아왔을 것이다. 그래서 잔뜩 화가 난 것이다.

모두 일어선 김에 정필은 재영과 옥단카를 소개했다.

"이분은 제가 특전사에 있을 때 중대장님이셨습니다. 절 돕기 위해서 오셨습니다."

재영이 꾸벅 고개를 숙였다.

"고재영입니다."

"그리고 이 아이는……."

정필이 옥단카를 소개하려는데 갑자기 문이 벌컥 열리면서 세련된 양장 차림의 영실이 달려 들어왔다.

"정필아!"

"누님."

영실은 정필이 어떻게 할 새도 없이 그대로 몸을 날려 그의 품으로 뛰어들었다.

정필이 탈북자들을 돕기 시작하고 영실이 국밥집을 하고 있을 때 두 사람이 얼마나 서로를 돕고 의지하면서 오늘에 이르렀는지 잘 알고 있는 사람들은 두 사람을 보면서 흐뭇한 미소를 지었다.

"정필이 어데 아픈 곳 없니?"

영실이 정필의 얼굴을 만지려고 두 팔을 뻗었으나 손이 닿지 않자 정필이 허리를 굽혔다.

"건강하게 돌아왔습니다."

"그기 무시기 소림메? 얼굴이 반쪽이 됐고마이……!"

영실은 조금 까칠해진 정필의 얼굴을 쓰다듬으면서 눈물을
찔끔거렸다.

서동원은 한국에서 선희가 보낸 차량 수십 대를 가지러 직
원들을 대련부두에 보내야 하기 때문에 서둘러서 혹천상사로
돌아갔다.

정필은 사람들에게 옥단카도 소개하고 자리에 앉아서 식사
를 시작했다.

둥글고 커다란 고급스러운 테이블에는 한국의 유명한 호텔
한식당에서 총주방장을 하다가 여기 삼천리강산에 스카우트
돼서 온 주방장이 한껏 솜씨를 부린 갖가지 한식 요리가 가득
차려졌다.

정필은 자신이 라오스와 태국에 탈북자들을 위한 루트와
안전 가옥, 시설들을 마련해 놓은 보고를 30분에 걸쳐서 모두
에게 설명했다.

"정필 군, 그럼 앞으로는 탈북자들이 곤명까지만 무사히 가
면 되는 것인가?"

"정확하게는 베트남 국경에서 20㎞ 거리에 있는 김평입니

다. 김평까지만 가면 안전하다고 할 수 있습니다."

장중환 목사의 질문에 정필이 대답했다.

"곤명에서 김평은 400㎞쯤 되고 차로 7~8시간쯤 걸린다던 데 거기에서만 붙잡히지 않으면 되겠군."

"저는 앞으로 곤명과 홍하현 멍쯔시에도 안전 가옥과 안내 인을 만들 계획입니다."

"그런가?"

정필은 재영을 가리켰다.

"그것에 대해서는 팀장님과 의논을 했습니다."

정필은 곤명에 숙박이 가능한 전통 한식집을 오픈하고 거기 에 재영의 옛 부하 즉, 제대한 특전사 요원을 상주시키는 것에 대해서 여기까지 오는 동안 비행기 안에서 재영과 상의를 했 었다.

연길에서 보낸 탈북자들을 곤명이나 홍하현 멍쯔시의 한식 당에서 하룻밤 묵게 한 다음에 김평으로 이동시켜서 베트남 밀림으로 들어가서 동수에게 인계하는 방법이다.

"그 일이 순조롭게 진행되면 한두 달 안으로 곤명도 안전 지대가 될 겁니다."

짝짝짝짝짝—

장중환 목사는 기쁨에 겨워 혼자 박수를 쳤다.

"정말 훌륭하네, 정필 군. 그렇게밖에는 할 말이 없네."

그는 진심 어린 표정을 지었다.

"내가 하나님 다음으로 존경하는 사람이 바로 자넬세."

"아유… 목사님, 그만하십시오."

칭찬에 익숙하지 않은 정필은 당황하며 두 손을 내저었다.

재영은 침묵을 지키면서 술을 마시며 이 모든 과정을 지켜
보고 있었다.

연길에서 내로라는 유지들이 손님으로 와서 사장을 찾는
다는 데도 영실은 절대로 정필 옆을 떠나지 않고 그에게 일일
이 이것저것 요리를 집어주고 술도 따라주면서 시중을 자청
했다.

두꺼운 파카와 털모자, 목도리를 벗은 옥단카는 정필 옆에
오도카니 앉아서 그가 먹으라고 그릇에 덜어준 요리만 오물
오물 먹는데 그 모습이 말 그대로 살아 있는 인형 같아서 사
람들의 시선을 한 몸에 받았다.

김낙현이 정필에게 술을 따르면서 진지하게 말했다.

"정필 씨와 한유선 씨 모녀를 암살하려고 북한 특수부대
폭풍군단 암살조를 파견했다는 첩보를 입수했습니다."

"암살조요?"

정필은 뜻밖의 말에 조금 놀라는 표정을 지었다.

"한유선 씨 모녀 암살조가 한국으로 들어갔습니까?"

"그것까진 모르겠습니다. 그러나 첩보를 입수한 시점이 며칠 전이니까 암살조가 들어와 있다면 아마 연길이나 동북삼성일 겁니다."

"음."

"이미 한국에 들어갔을 수도 있겠지만 여러 정황으로 봤을 때 그랬을 가능성은 희박합니다."

정필은 암살조가 자신을 노리는 것보다 한유선과 혜주를 죽이려고 한다는 사실에 적잖이 긴장했다.

정필은 스스로를 충분히 방어할 자신이 있지만, 한유선과 혜주가 안기부에서 조사와 교육을 받고 사회에 나오면 무방비 상태일 것이기 때문이다.

"암살조가 연길이나 동북삼성에 들어왔다면 탈북자를 가장해서 한국에 입국할 가능성이 크겠군요."

"그렇습니다. 그게 대한민국에 잠입할 수 있는 가장 손쉬운 방법입니다."

김낙현은 젓가락을 내려놓은 채 아예 먹지 않았다.

"그렇기 때문에 암살조가 아직 한국에 들어가지 못했을 것이라고 추측하는 겁니다."

정필이 고개를 끄떡였다.

"탈북자들이 이곳에서 최소한 한 달 이상 생활을 하다가 한국에 입국하기 때문입니까?"

"그렇습니다."

김낙현이 옆에 앉은 이진철을 가리켰다.

"이 친구가 최장 열흘 전부터 현재 시점까지 탈북자 은신처에 새로 들어온 탈북자들에 대해서 조사를 하고 있는데 애로가 있습니다."

그는 정필과 장중환 목사를 번갈아 쳐다보았다.

"미스터 리가 은신처에 자유롭게 출입하거나 머물 수 있으면 암살조 색출에 큰 도움이 될 겁니다."

장중환 목사가 크게 고개를 끄떡였다.

"미스터 리를 한국에 있는 우리 교회에서 사역하는 분으로 소개하여 베드로의 집에 수시로 드나들 수 있도록 조치하겠습니다."

정필은 김낙현 옆에 앉아서 묵묵히 술잔만 기울이고 있는 다혜를 쳐다보았다.

"우리 쪽은 다혜 씨가 있잖습니까?"

다혜가 술잔을 입으로 가져가다가 뚝 멈추고 힐끔 정필을 쳐다보았다.

"다혜는 정필 씨의 개인 경호가 주된 임무입니다."

"하하! 저는 경호 같은 거 필요 없습니다."

탁!

다혜가 술잔을 소리 나게 테이블에 내려놓고 정필을 노골적으로 노려보았다.

"흥! 그러다가 뒈진 놈 여럿 봤거든?"

정필은 뒤늦게나마 다혜의 기분을 풀어주려고 부드럽게 미소 지으며 말했다.

"다혜 씨는 우리 흑천상사와 영실 누님 아파트에 암살조가 있는지 살펴보십시오."

그렇지만 다혜는 정필의 미소가 너무 느물거려서 당장에라도 한 대 턱을 날려 버리고 싶은 걸 겨우 참았다.

"주임님 말씀 못 들었어요?"

다혜는 술을 마시면서 감정을 자제하려고 애썼다.

"그리고 영실 언니가 예전에 살던 아파트는 베드로의 집으로 바뀌었답니다."

영실이 막 술잔을 비운 정필의 입에 안주 한 점을 넣어주면서 눈웃음을 쳤다.

"나 이사했어."

"그러셨군요."

"정필이가 일전에 구해준 그 3층 집임메."

"잘하셨습니다."

정필은 한식당 삼천리강산을 개업할 무렵 서동원에게 영실이 이사할 새 집을 구해보라고 지시했었다.

그래서 구한 집은 아파트가 아니라 연길에서도 부자 동네로 첫 손가락에 꼽히는 사자원이라는 동네의 고급 주택이다.

방이 12개나 되고 지하 차고에 각종 놀이 시설이 지하실에 설치되어 있으며 넓은 정원이 잘 꾸며져 있다.

현재 영실이 그곳에서 삼천리강산의 여종업원 몇 명과 함께 거주하고 있지만 현재 공사 중이다. 정필은 탈북자들의 안전을 위해서 그 주택에 몇 가지 장치를 할 계획이다. 공사가 끝나면 중국 공안이 집을 덮치더라도 탈북자들을 안전하게 도주시킬 수 있을 것이다.

"정필이 오늘 우리 집에서 잘래?"

영실의 말에 정필은 미소를 지었다.

"오늘은 흑천상사에서 자겠습니다."

"거기 이름 바꿨지비."

"흑천상사 말입니까?"

"그기 앙이고, 흑천상사 위에 북조선 사람들 모여 지내는데 말임메."

"뭐라고 바꿨습니까?"

영실은 장중환 목사를 쳐다보았다.

"엔… 무시기라 했슴메?"

"엔젤하우스입니다."

"기래, 엔젤하우스."

"엔젤하우스요?"

"정필이 별명이 천사라면서? 기니끼니 엔젤하우스가 천사의 집이라던데, 맞슴까?"

장중환 목사가 껄껄 웃었다.

"하하핫! 맞습니다!"

정필은 김낙현에게 진지한 얼굴로 말했다.

"혜주 모녀에게 경호를 붙여주십시오."

김낙현이 고개를 끄떡였다.

"이미 밀착 경호를 하고 있습니다."

"아직도 안기부에서 조사 중입니까?"

김낙현이 빙그레 미소 지었다.

"정필 씨, 그 사람들하고 오래 연락하지 않았군요?"

"그렇습니다."

"안기부에서의 조사는 이미 끝났고 현재는 통일부 산하 모처의 교육기관에서 대한민국 사회 적응 교육을 받고 있는 중입니다."

"그렇군요."

정필은 남쪽 루트로 떠난 이후 지금까지 대한민국에 입국해 있는 탈북자들에게 한 번도 전화를 하지 않았다.

정필은 밤 9시가 조금 넘어서 일행을 데리고 엔젤하우스에 도착했다.

삼천리강산에서 김낙현과 청강호에게 들었던 현재 두만강과 압록강 조중국경(朝中國境)에서 벌어지고 있는 참혹한 비극에 대한 얘기가 내내 정필의 마음을 무겁게 만들었다.

두만강과 압록강 북한 쪽 강변에 설치한 부비 트랩 때문에 도강하려는 많은 북한 사람이 발각되어 체포되거나 그 자리에서 국경수비대의 총격에 의해서 사살된다고 했다.

그래서 현재 탈북자 수는 평소에 비해서 절반 이하로 뚝 떨어졌다는 것이다.

정필이 연길을 떠난 이후 흑천상사, 아니, 엔젤하우스에 새로 들어온 탈북자는 한 명도 없다.

정필이 전담으로 탈북자를 구해오는데 그가 연길에 없기 때문에 새로 들어오는 탈북자가 없는 건 당연하다.

흑천상사 직원 중에서 노장훈과 제일 어린 안지환이 대련으로 차를 가지러 떠났다.

그리고 미리 연락을 받은 이범택이 뒷문을 열어주어 정필 일행이 탄 두 대의 차가 마당으로 굴러 들어갔다.

김길우와 또 다른 차를 운전한 청강호가 나란히 주차를 하고 정필과 김길우를 비롯한 재영과 옥단카, 청강호, 그리고 아예 삼천리강산에서 퇴근을 한 성주까지 차에서 줄줄이 내렸다.

차가 들어오고 난 이후, 철문을 닫은 이범택이 급히 달려와서 정필에게 꾸벅 인사를 하고는 반가운 표정을 지었다.

"터터우, 무사히 돌아오셔서리 기쁨다."

평소 과묵하고 성실한 45세의 이범택은 흑천상사의 맏형 노릇을 톡톡히 하고 있지만 정필에겐 언제나 깍듯하다.

정필은 이범택과 굳게 악수했다.

"형님에게 여길 맡기고 가서 든든했습니다."

"아유… 무시기 그런 말씀을……."

정필은 듬직한 이범택을 형님으로 대우하지만 그는 추호도 실수가 없다.

"서 부장님은 송이하고 사무실에 계심다. 사장님께 보고드릴 거이 서류를 정리한다고……."

흑천상사의 사장은 김길우고 서동원이 부장이다. 그 외 송이까지 4명은 직책이 없다.

엔젤하우스는 밤 9시면 모든 출입구를 봉쇄한다. 그렇기 때문에 중국 공민증을 갖고 외출을 나갔던 탈북자들은 9시 전까지는 귀가해야 한다.

그러지 못할 경우에는 집에 전화를 해서 문을 열어달라고 하면 된다.

이범택은 가족과 함께 김길우네 집이 있는 2층 35평 정도의 집에서 생활하고 있다.

이범택만이 아니라 결혼해서 가정을 꾸린 서동원과 노장훈, 그리고 총각인 안지환도 2층에서 살고 있다. 그러니까 흑천상사 2층은 직원들의 살림집인 셈이다.

이범택은 예전 막노동을 하면서 연길시 변두리 판잣집에서 살던 시절에 비하면 지금은 무엇 하나 부러울 것 없는 귀족 생활이나 다름이 없다.

그래서 이범택뿐만 아니라 흑천상사의 모든 직원이 정필을 하느님처럼 여기고 있는 것이다.

정필은 흑천상사 직원들하고는 따로 내일이나 모레쯤 회식을 한 번 하기로 하고 오늘은 가족들끼리 단출하게 보내기로 마음먹었다.

"편히 쉬십시오."

이범택이 꾸벅 인사를 하고 자기 집 쪽 복도를 걸어가고 있을 때, 다혜가 김길우네 집 벨을 평소에 정해놓은 신호대로 눌렀다.

철컥…….

이윽고 문이 열리더니 정필에게는 그다지 낯익지 않은 여자의 얼굴이 나타났다. 정필은 소영이 문을 열어줄 것이라고 기대했었는데 뜻밖이다.

문을 열어준 청바지에 티셔츠 차림의 젊고 늘씬한 미인은 우승희다.

그녀는 지난 17일 동안 늘 봐온 다혜의 뒤에 전봇대처럼 우뚝 서 있는 정필을 발견하더니, 움찔 놀라 아주 잠깐 동안 그 자리에 얼어붙었다.

영실은 정필이 돌아온다고 소영에게 미리 전화를 했으며, 소영은 정필을 맞이하느라 음식을 하고 집안 청소를 하는 등 난리법석을 피우는 통에 같이 사는 우승희나 송이가 정필의 귀가를 모를 리가 없었다.

심지어 엔젤하우스에 사는 탈북자들까지도 정필이 온다는 소식을 듣고 그를 보기 위해서 오늘만큼은 외출도 자제하고 다들 집에서 그를 기다리고 있는 중이다.

"오… 오셨습까?"

우승희는 정필이 온다는 사실을 알고 있었지만 막상 2m 앞에 서 있는 그를 보자 뻣뻣하게 긴장했다.

"승희 씨, 오랜만입니다."

정필은 그녀가 북한에서 고사포부대에 복무했던 여군 우승희라는 사실을 기억해 냈다.

정필이 다혜를 뒤따라서 집으로 들어가자 우승희는 얼른 옆으로 비켜서며 고개를 꾸벅 숙였다.

송이는 서동원과 함께 흑천상사 1층 사무실에서 서류 정리를 하고 있다니까 집에는 소영과 우승희, 둘뿐이다.

그런데 정필이 온 줄 알면서도 주방에서 덜그럭거리는 소리가 나는데 소영이 내다보지도 않았다.

"들어오십시오."

정필은 재영과 청강호, 옥단카, 성주를 안내하여 거실 소파에 앉으라고 권했다.

김길우와 다혜는 옷을 갈아입으러 자신의 방으로 들어갔고, 우승희는 현관과 거실 중간쯤에 우두커니 서 있다.

그녀는 정필이 떠나기 전에는 엔젤하우스에서 생활하면서 이따금 이곳에 내려와 소영을 도우면서 집안일을 거들었는데, 정필이 떠난 이후에는 아예 이 집에 내려와서 눌러 지내게 되었다.

하루 종일 혼자 있는 소영이 그걸 원했고 또 정필과 김길우가 없는 집이라서 방이 많기 때문에 우승희와 같이 지내도 불편한 점이 없었다.

정필은 주방으로 갔다. 생선탕 같은 것을 만드느라 가스레인지 앞에 서 있는 소영의 뒷모습이 보였다.

탁탁탁탁…….

소영은 도마 위에 있는 채소를 칼질하고 있지만 뒷모습이 단단하게 경직되어 있는 것을 알 수가 있었다.

정필은 천천히 다가가서 소영 뒤에 멈췄지만 그녀는 그것도 모르고 칼질만 하고 있다.

소영은 분명히 정필이 집에 왔다는 사실을 알고 있으면서도 주방에서 일만 하고 있는 것이다.

그가 반갑지 않아서가 아닐 것이다. 오히려 어느 누구보다도 정필의 귀가를 가장 반길 사람이 바로 소영이다.

정필이 아들 철민이를 베트남 밀림에서 찾아내서 무사히 방콕에 보내준 일도 고맙기 그지없다.

그런데도 소영이 정필의 귀가를 짐짓 모른 체하고 주방에 숨어 있는 까닭은 아무래도 그날 밤 그 일 때문인 것이 분명하다.

술에 만취해서 몸뚱이가 활활 불타오르는 극도의 성욕을 참지 못하고 정필에게 추한 모습을 보였던 행동을 아직까지도 그녀는 스스로를 용서하지 못하고 있는 게 분명했다.

그리고 그녀의 그런 꽉 닫힌 마음을 풀어줄 사람이 자신밖에 없다는 사실을 정필은 이미 라오스에게 깨달았었다.

슥―

"흐윽……."

정필이 뒤에서 두 팔로 부드럽게 소영의 허리를 안으면서 몸을 밀착시키자 그녀는 칼질을 멈추고 몸이 단단하게 굳으면서 낮은 신음 소리를 냈다.

"저 왔습니다, 소영 씨."

"아……."

발목까지 내려오는 긴 원피스를 입고 있는 소영의 허리를

두 팔로 부드럽게 안고 일부러 하체를 그녀의 엉덩이에 힘주
어서 밀착했다.

"보고 싶었습니다."

"주… 주인님……."

정필이 '주인님'이라는 호칭을 싫어하는 줄 알면서도 다급한
소영의 입에서 그 말이 저절로 흘러나왔다.

정필은 잠시 망설였다. 그러나 곧 슬쩍 손을 내려서 소영의
허벅지 깊은 곳의 은밀한 부위를 가만히 어루만졌다.

"배고파요. 어서 밥 주세요."

그러고는 몸을 떼고 뒤돌아서 주방을 나갔다.

소영은 싱크대 앞에 서서 몸을 가늘게 떨었다. 방금 정필의
손길이 닿았던 은밀한 부위가 불이 붙은 것처럼 뜨거웠으며,
그의 그것이 지그시 찌르고 있던 엉덩이는 몽둥이로 맞은 것
처럼 화끈거렸다.

"흑……."

소영의 두 눈에 가득 차올랐던 눈물이 주르르 뺨을 타고
흘러내렸다.

그날 밤 그녀가 정필에게 했던 음탕한 행동이 방금 정필의
음탕한 행동으로 인해서 상쇄되고 비로소 죄의 사함을 받은
기분이 들었다.

방금 전 정필은 행동으로 그녀에게 말해주었다.

"나도 소영 씨처럼 똑같은 인간입니다."

거실에 정말이지 상다리가 부러질 정도로 한 상 가득하게 차려졌다.

소영과 우승희가 주방을 오가면서 부지런히 탕이며 구이, 부침개 같은 것들을 차리는 것을 보면서 김길우와 재영, 청강호 등은 질린 표정을 지었다.

그들은 모두 삼천리강산에서 이미 배부르게 먹고 온 상태였기 때문이다.

"보기만 해도 군침이 도는군요!"

그런데 정필이 정말 먹고 싶어서 견딜 수 없다는 표정을 지으면서 두 손을 비비며 상 앞에 다가앉았다.

그리고 그 모습을 보고 기쁜 표정을 짓는 소영을 본 사람들은 즉시 정필의 뜻을 알아차렸다.

청강호가 정필 맞은편에 앉으면서 껄껄 웃었다.

"핫핫핫! 이거이, 이거, 오마니 돌아가시고 이런 진수성찬은 처음 받아보오!"

그 모습을 보고 다혜는 정필을 흘기면서 속으로 종알거렸다.

'하여튼 사람 좋은 걸로 치면 부처님 가운데 토막이라니까?'

정필의 오른쪽에 앉은 소영은 신바람이 나서 궁둥이를 들썩이면서 쉴 새 없이 정필 앞에 맛있는 요리들을 수북하게 쌓아놓았다.

정필 왼쪽에 앉은 옥단카는 소영이 갖다놓은 것들을 정필과 함께 야금야금 먹었다. 옥단카는 자그마한 체구와는 달리 대식가였다.

"청 선생님, 부탁이 있습니다."

이윽고 정필은 청강호를 집에 데리고 온 본론을 꺼냈다.

청강호는 상 앞에 앉아 있는 성주를 슬쩍 쳐다보았다.

"북조선에서 누굴 데려오라는 것이오?"

"그렇습니다."

정필은 성주에게 말했다.

"성주야, 청 선생님께 자세히 말씀드려라."

성주는 아까 삼천리강산 엘리베이터에서 정필을 보고 반가워서 울었던 바로 그 젊은 처녀다.

성주가 청강호에게 자신의 가족이 살고 있는 지역과 가족 관계에 대해서 설명하고 있을 때, 정필이 재영에게 말했다.

"청 선생님은 화교인데 북한을 자유롭게 왕래하면서 장사를 하십니다. 지금은 저를 도와서 북한에 있는 탈북자 가족들을 탈북시키는 일을 하고 계십니다."

재영은 정필에 대해서 하나씩 알게 될수록 속으로 감탄을
계속하고 있는 중이다.

"석철아."

정필은 정말 오랜만에 양석철과 전화 통화를 했다.

―이야~! 정필이 너래 살아 있었니? 어케 그동안 한 번도
전화가 없었네?

석철하고는 매일 밤 10시에 전화 통화를 하자고 사전에 약
속을 정해두었는데, 오늘 밤에 통화가 된 걸 보면 그동안 석철
에게 별문제는 없었던 것 같다.

"요즘 그쪽 사정은 어떠냐?"

―야아~! 우리 만나서 얘기하자우!

결국 정필은 두만강 무산에 가기로 했다.

"소영 씨, 술하고 안주거리 좀 대충 싸주십시오."

정필은 술을 좋아하는 석철을 위해서 오늘 밤에 소영이 솜
씨를 발휘한 요리를 좀 싸가기로 했다.

재영에겐 두만강 현장을 보여주고 싶어서 동행하자고 했고,
옥단카더러 집에서 쉬라고 말하면 젓가락 암기를 던질 것 같
아서 같이 가자고 했다.

"미카엘 님."

정필이 재영과 옥단카와 함께 현관으로 걸어가는데 뒤에서

다혜의 조용한 목소리가 들렸다.

"미카엘 님께선 내 별명을 뭐라고 그랬었지요?"

"개두살이."

다혜가 손을 주머니에 넣었다.

"어디 오늘 한 번 개두살이의 탄포글리오 맛 좀 보고 싶으십니까?"

그녀의 권총이 EAA 탄포글리오다.

정필은 현관문을 열면서 중얼거렸다.

"다혜 씨도 갑시다."

레인지로버 운전석에는 정필이, 조수석에는 재영이 앉아서 담배를 피우고 있다.

"아까 누구하고 통화한 거냐?"

재영이 차창 밖으로 담배 연기를 길게 내뿜으면서 물었다.

"양석철이라고, 북한 두만강 무산 국경수비대 병사입니다. 저하고 친구가 됐습니다."

재영은 담배를 빨다가 뚝 멈추고 어이없다는 얼굴로 정필을 쳐다보았다.

"친구라고?"

"네."

"북한군 병사가 말이냐?"

"그렇습니다."

재영은 어이없는 표정을 지었다.

"도대체 너란 놈은⋯⋯."

뒷자리에 앉은 다혜와 옥단카는 서로 창밖을 내다보면서 한마디도 하지 않고 있다.

다혜는 삼천리강산에서 정필이 사람들에게 옥단카를 소개한 내용 정도만 알고 있다.

즉, 옥단카가 묘족이며 매우 뛰어난 미린징지렌(밀림 안내원)인 미린지샹이라는 사실이다.

정필은 옥단카에 대해서 단지 지엽적인 것만 소개했다. 그런데도 사람들은 정필이 옥단카에 대해서 과대평가한다고 생각했다.

코딱지만 한 꼬맹이가 밀림에서 정필을 도왔으면 얼마나 도왔겠는가,라는 생각이다.

그래서 다혜는 정필이 어째서 옥단카 같은 꼬맹이를 연길까지 데리고 왔는지 이해하지 못했다.

갈 곳 없는 묘족의 조그만 계집아이를 정필이 투철한 박애정신을 발휘해서 데리고 왔을 거라고만 생각했다. 말하자면 고아 하나를 거둔 것이다.

다혜는 또한 재영이라는 존재도 못마땅했다. 정필의 측근이라면 다혜 자신이 든든하게 버티고 있는데 어째서 정필의 특전사 시절 중대장이라는 작자가 탈북자 사업에 필요한 건지 모르겠다.

더구나 재영이라는 사내는 다혜를 씹다가 뱉은 껌처럼 거들떠보지도 않았다.

아까 김길우네 집에서 정필이 다혜를 소개했을 때, 재영은 그저 가볍게 고개만 끄떡이고는 그 다음부터는 알은척, 아니, 다혜에게는 눈길조차 주지 않았었다.

하긴 재영을 꿔다 놓은 보릿자루처럼 대하는 것은 다혜도 마찬가지였다.

레인지로버가 연길시를 벗어나고 있을 때 전방에 임시 검문소가 나타났다.

바리케이드 같은 것은 설치하지 않았지만 4차선 도로 양쪽의 2개 차선을 막고 가운데에서 공안 4명이 검문을 하고 있었다.

잔뜩 화가 난 다혜는 앞으로 한동안 정필하고 대화를 하고 싶지 않았지만 연길 근처에 어째서 임시 검문소가 많이 생겼는지에 대한 것은 공적인 일이니까 설명을 해야 한다고 생각했다.

"탈북자들 검거하려고 저러는 거예요."

"그렇군요."

"두만강이나 압록강 국경에서는 국경수비대가 탈북자들을

닥치는 대로 때려잡고 동북삼성에서는 중국 공안이 대대적으로 검문을 강화하고 있어요."

다혜는 잠시 말을 끊었다가 다시 이었다.

"연길에도 북한 보위부 요원이 많이 나와서 공공연하게 거리를 활보하며 탈북자들을 색출하고 있어요. 거리에서 탈북자들이 공안이나 북한 보위부 요원에게 체포되는 장면을 나도 몇 번 봤었는데……."

다혜는 말끝을 흐렸다. 공안이나 보위부 요원에게 체포된 탈북자들의 처절한 얼굴이 생각났기 때문이다.

"탈북자 임시 수용소인 도문변방대에 탈북자들이 가득 차서 미어터진다고 해요."

정필은 심각한 표정을 지었다.

"북한이 중국에 협조 요청을 한 것 같습니다."

"그런가 봐요."

"우리 쪽은 어떻습니까?"

"우리 엔젤하우스에 있는 탈북자들은 들어오는 날부터 하루 5시간씩 중국어를 배우는 데다 모두 중국 공민증을 갖고 있기 때문에 공안이 갑자기 들이닥치거나 거리에서 불심검문을 당한다고 해도 별다른 문제는 없을 거예요."

정필 일행의 레인지로버가 검문을 받기 위해서 줄 서 있는 차량들의 맨 뒤에 멈췄다.

"베드로의 집이 문제로군요."

"그렇죠."

정필과 다혜가 심각한 표정으로 입을 다물자 잠시 후에 재영이 물었다.

"베드로의 집이 왜 문제냐?"

"다혜 씨가 팀장님께 설명해 주십시오."

재영에게 설명하라는 정필의 말에 발끈한 다혜가 한마디 쏘아붙이려다가 참았다. 그녀는 재영이 마음에 들지 않지만 정필의 말은 그냥 말이 아니라 상급자의 명령이므로 거부할 수가 없다.

"엔젤하우스는 누가 봐도 여러 세대가 모여서 살고 있는 다가구주택 가정집 같아서 의심을 받지 않아요. 그렇지만 베드로의 집은 한 아파트에 많게는 20명 넘게 생활하고 있기 때문에 이웃 주민의 신고가 들어가서 공안이 들이닥치면 그걸로 꼼짝마라예요."

다혜가 열심히 설명했지만 재영은 쓰다 달다 대꾸 한마디 하지 않았다.

'흥! 재수 없는 자식!'

이윽고 차례가 되어 정필은 공안의 수신호에 따라 운전석 창문을 내렸다.

차 안의 실내등을 켰는데도 공안은 플래시로 정필을 비롯한 4명의 얼굴에 비추었다.

공안은 뒷자리의 다혜와 옥단카를 비추더니 강압적인 말투로 짧게 명령했다.

"씨아취(내려라)."

재영에게 화가 난 다혜가 공안에게 화풀이를 했다.

"니쓰씨양마(너 죽고 싶냐)?"

"썬머(뭐야)?"

다혜는 품속에서 신분증을 꺼내 공안에게 내밀었다.

"니칸지엔(봐라)."

공안은 다혜가 내민 신분증에 플래시를 비추고 들여다보다가 한순간 눈이 휘둥그렇게 떠졌다.

'길림성 당서기 특수 보좌관 비서'라는 굵고 붉은 글씨와 신분증에 붙은 다혜의 사진이 한껏 클로즈업되었다.

탁!

"뚜이부치(죄송합니다)!"

순간 공안은 바짝 언 표정으로 차렷 자세를 하면서 경례를 붙였다.

일전에 정필은 길림성 당서기 위엔씬을 찾아가서 만나 의형제를 맺으면서 길림성 당서기 특수 보좌관이라는 신분증을, 그리고 다혜와 김길우는 특수 보좌관 비서라는 신분증을 각각 받았었다.

다혜는 유창한 중국어로 지금 운전을 하고 있는 사람이 바로 길림성 당서기 특수 보좌관이며 당분간 연길에서 머물고 있으니까 차를 잘 봐두었다가 앞으로는 두 번 다시 이런 실수를 하지 말라고 따끔하게 훈계했다.

부웅—

레인지로버가 검문소를 뒤로하고 출발하자 검문을 하던 4명의 공안이 일제히 차를 향해 경례를 붙였다.

공안에게 화풀이 아닌 화풀이를 조금 한 다혜는 꽁했던 마음이 약간 풀렸는지 팔짱을 끼면서 콧방귀를 뀌었다.

"흥! 모가지를 비틀어 버리려다가 겨우 참았네."

재영은 조금 전에 다혜가 공안에게 보였던 신분증이 무엇인지 궁금했다.

"정필아, 그게 무슨 신분증이었냐?"

"그건……."

다혜가 말을 끊었다.

"내 신분증인데 왜 정필 씨한테 묻는 거예요?"

정필과 재영이 잠자코 있자 다혜가 냉랭한 말투로 설명했다.

"지난달에 정필 씨가 위엔씬하고 의형제를 맺으면서 그가 정필 씨를 특수 보좌관으로, 그리고 나하고 길우 씨를 정필 씨 비서로 임명했어요."

"위엔씬이 누구냐?"

재영이 또 다혜를 제쳐놓고 정필에게 묻자 다혜가 발끈해서 목소리를 높였다.

"길림성 당서기예요!"

"정말이냐?"

설명은 다혜가 하는데 재영은 계속 정필에게 물었다. 얼핏 들으면 재영이 다혜에게 반말을 하는 것 같았다.

"속고만 살았어요?"

재영이 다혜를 슬쩍 뒤돌아보았다.

"조용합시다. 지금 내가 정필이한테 묻고 있잖습니까?"

"뭐여?"

지금까지 다혜가 기껏 꼬박꼬박 설명을 했더니 이제 와서는 조용하란다.

"이런… 썩을, 시방 나한티 한 소리여?"

열 받은 다혜 입에서 고향 사투리가 쏟아져 나왔다.

"그러니까 너하고 길림성 당서기가 의형제라는 말이냐?"

재영은 아예 다혜를 무시하고 정필에게 물었다.

"그렇습니다."

"야아… 너 정말 굉장하구나?"

재영은 진심으로 감탄하여 손을 뻗어 정필의 어깨를 두드렸다.

다혜는 잘생긴 재영의 옆얼굴을 눈알이 빠지도록 노려보면서 속으로 다짐했다.

'저 자식 반드시 죽여 버릴 거야……!'

정필은 두만강 무산 반대쪽에 오면 언제나 차를 대는 언덕배기를 향해 레인지로버 라이트를 끈 채 슬금슬금 느리게 내려갔다.

으슥한 곳에 차를 대고 내린 정필 일행은 20m쯤 걸어가서 어둠에 잠긴 두만강을 굽어보았다.

으스름 달빛 아래 꽁꽁 얼어붙은 두만강이 희뿌옇게 내려다보였다.

"여기가 두만강이로군."

난생처음 두만강에 와본 재영이 감회 어린 표정으로 중얼거렸다.

"저기 보이십니까?"

정필이 무산읍을 가리켰다.

"저기 마을 말이냐?"

으스름한 달빛마저 없었다면 그 아래 낮게 웅크리고 죽어 있는 회색 도시 같은 무산이 어렴풋이나마 보이지도 않았을 것이다.

"저기가 함경북도 무산입니다."

"무산……."

정필이 시계를 보니까 분침이 밤 12시 15분을 가리키고 있었다.

석철이 있는 국경수비대 초소는 자정에 소대장이 각 초소를 순찰하고 가면 아침 8시까지는 행동이 자유롭다고 했다.

정필은 휴대폰을 꺼내 석철에게 전화를 걸었다.

뚜르르르…….

정필은 신호가 3번 가고 나서 전화를 끊고 차가 있는 쪽으로 걸어가면서 재영을 불렀다.

"이리 오십시오."

석철하고는 구태여 통화할 필요가 없다. 아까 집에서 통화를 했으니까 이번에 전화를 해서 발신음만 보내면 정필이 이곳에 왔다는 신호로 알 테니 잠시 후면 그가 두만강을 건너 이리 올 것이다.

두 사람이 차 옆에서 담배를 피우고 있을 때, 다혜와 옥단카가 다가왔다.

조금 전에 서 있던 곳에서 담배를 피우면 라이터 불빛이나 담뱃불 빛이 강 건너에서 보이기 때문에 이쪽으로 왔다.

"그 친구가 이리 오는 거냐?"

"그렇습니다."

재영은 담배 연기를 내뿜으며 웃었다.

"세상 많이 변했다. 대한민국 특전사 출신이 두만강에서 북한군을 만나고……."

재영이 담배를 버리고 발로 비벼 끄면서 두 손을 비볐다.

"무지하게 춥구나."

그의 입에서 허연 김이 나왔다.

"현재 영하 25도입니다."

707특임대의 혹한기 훈련이 지독하긴 했었지만 영하 25도라는 어마어마한 추위 앞에서는 속수무책이다.

출발하기 전에 정필이 내복을 입고 귀까지 덮는 털모자와 털 부츠, 큼직한 털장갑을 끼라고 권했지만 재영은 거들떠보지도 않았었다.

추위봐야 얼마나 춥겠느냐는 생각이었다. 오줌을 누면 그대로 얼어버리는 두만강 추위를 얕잡아봤다.

재영은 연길에 도착하자마자 공항에서 차를 타고 삼천리강산으로 이동했으며, 그곳이 파하고 나서는 김길우네 집으로 역시 차를 타고 갔었기 때문에 바깥에 노출되어 있는 시간이 짧아서 이곳 추위를 제대로 체험하지 못해서 객기를 부린 것이다.

정필은 파카 하나만 입은 채 덜덜 떨고 있는 재영을 보며 미소 지었다.

"제가 팀장님 모자나 내복 같은 걸 따로 챙겨왔습니다."

"됐다."

재영은 뼛속까지 한기가 스며서 이빨이 저절로 마주쳤지만 한 번 입지 않겠다고 말한 걸 이제 와서 입겠다고 한다면 모양새가 빠진다고 생각했다.

정필이 적외선 망원경으로 보니까 꽁꽁 언 두만강 위를 세 사람이 건너오고 있었다.

적외선 망원경을 확대하니까 석철과 두 명의 여자다. 석철이 한 여자를 부축하고는 다른 여자의 팔을 잡은 채 오고 있는 모습이다.

아마도 석철이 도강하는 여자들을 돕고 있는 모양이라고 정필은 짐작했다.

정필은 석철을 맞이하러 혼자 두만강으로 내려갔다.

그가 강가에 이르렀을 때 석철 일행은 두만강을 거의 다 건너 10여 m를 남겨두고 있었다.

석철이 강가에 서 있는 정필을 발견하고 움찔하더니 걸음을 멈추었다.

"거기 정필이니?"

"그래. 나다, 석철아."

석철이 다시 여자들을 이끌고 다가왔다.

잠시 후 가까이에서 만나게 된 정필과 석철은 누가 먼저랄

것도 없이 서로의 두 손을 덥석 잡으며 반가워했다.

"석철아, 잘 지냈니?"

"정필아, 야아… 이거이 얼마만이니?"

소총을 메고 있는 석철은 귀를 덮는 털모자에 두툼한 장갑, 국경수비대에게 지급되는 무릎까지 내려오는 긴 개털슈바를 입고 있었다.

석철은 자신이 데리고 도강한 두 여자를 소개했다.

"이짝은 무산에 사는 아매하고 딸인데 말이야. 야는 은애하고 같은 모테(동네)에 사는 친구야."

석철 양쪽에 서 있는 두 여자는 한 명은 50대, 또 한 명은 30대 중반으로 보였다. 눈이 퀭하고 뺨이 움푹 꺼진 모습이 굶주린 기색이 역력하다.

두 여자가 50대, 30대 중반으로 보이지만 거기에서 최소한 10살은 빼야 할 것이다. 오랜 동안 먹지 못한 탓에 겉늙었기 때문이다.

정필 일행과 석철 일행은 모두 레인지로버 안에 모여 앉았다.

소영이 싸준 음식 보따리를 정필이 푸는 것을 보고 다혜가 손을 내밀었다.

"이리 주세요. 내가 할게요."

레인지로버는 7인승이라서 자리가 널찍하지만 맨 뒷자리 의자 2개를 펴지 않아서 운전석과 조수석의 정필과 재영을 빼고 5명이 뒷자리에 끼어서 앉은 탓에 매우 복잡했다.

"옥단카, 이리 와라."

"네."

옥단카가 정필의 말을 알아듣고 한국말로 대답을 하고는 기다렸다는 듯이 앞자리로 이동하여 자연스럽게 정필의 무릎에 앉았다.

"다혜 씨는 팀장님……."

"죽고 싶어요?"

"팀장님께 하이얼 맥주 하나 드리라는 게 죽을죄입니까?"

자신에게 재영의 무릎에 앉으라는 줄 알고 발끈했던 다혜는 머쓱한 표정을 지었다.

"하이얼맥주였어요?"

다혜는 정필 뒤에, 그 옆에 석철이, 그리고 오른쪽에 석철이 데리고 온 모녀가 앉아 있다.

석철은 처음에 봤을 때 털모자와 목도리를 하고 눈만 빼꼼하게 내놓은 다혜와 옥단카가 여자인 줄 몰랐었다가 그녀들이 말을 하는 걸 듣고서야 여자라는 사실을 알았다.

다혜는 요리는 물론이고 여자들이 하는 일은 할 줄 아는 게 하나도 없다.

그런 그녀가 소영이 꼼꼼하게 싸준 음식 보따리를 풀어서 차리는 게 쉬울 리가 없다.

또한 보기 좋고 먹기 편하도록 차리는 것은 애당초 바라지도 말아야 한다.

"이리 주시오. 내가 하겠소."

서툰 다혜를 보다 못한 석철이 손을 내밀었다.

"아… 진작 그러지."

다혜는 기다렸다는 듯 음식 보따리를 석철에게 넘기고는 털모자를 벗고 목도리를 풀었다.

"옥단카, 너도 벗자."

정필은 무릎에 앉은 옥단카의 모자와 목도리를 풀어주었다.

"어……."

석철이뿐만 아니라 모녀도 다혜와 옥단카를 보고는 놀란 표정을 지었다.

다혜는 전형적인 도시형의 세련된 미인이다. 북한에서는 그런 미인을 보기가 쉽지 않을 것이다.

그녀는 평소에 화장을 전혀 하지 않는 맨 얼굴로 다니는데도 사람들, 특히 남자들은 그녀만 보면 그녀 얼굴에서 시선을 떼지 못한다.

그리고 옥단카가 두 눈으로 보면서도 믿어지지 않을 정도의 인형 같은 아름답고 귀여운 미모를 지니고 있다는 사실은 이미 주지의 사실이다.

그러니 폐쇄된 세상인 북한에서 살아온 석철과 모녀가 그녀들을 보고서 놀라는 것도 무리가 아니다.

석철은 음식 보따리를 풀고 찬합으로 된 음식 그릇들을 열다 말고 멍한 얼굴로 다혜와 옥단카를 번갈아 쳐다보았다.

석철하고는 달리 모녀의 시선은 다혜와 옥단카에게서 빠르게 찬합으로 옮겨졌다.

요리 솜씨가 좋은 소영이 정성껏 만든 소고기버섯볶음이나 살코기와 생선살로 부친 여러 종류의 전, 꼬치구이, 몇 가지의 나물 무침에서 나는 향기가 열흘 가까이 굶은 모녀를 미치기 직전 상태로 몰아넣었다.

"다혜 씨, 저분들 먼저 드시게 하세요."

"아……."

다혜는 정필의 말도 듣지 못하고 아직 열지 않은 찬합만 뚫어지게 주시하는 모녀를 보고는 정신이 번쩍 들었다.

그녀는 나무젓가락을 모녀의 손에 쥐어주고는 급히 찬합을 열었다.

"먹어요."

모녀는 찬합 속의 요리와 정필, 석철의 얼굴을 번갈아 쳐다보면서 정말 먹어도 되는지 눈치를 살폈다.

석철이 웃으면서 고개를 끄떡였다.

"아매, 윤미야, 먹어도 된다이."

그의 말이 떨어지기 무섭게 모녀는 젓가락을 팽개치고 두 손으로 허겁지겁 요리를 집어, 아니, 퍼먹기 시작했다.

정필을 비롯한 다혜, 재영, 옥단카, 석철은 각기 조금씩은 다른 착잡한 심정으로 모녀를 지켜보았다.

다혜는 연길에서 정필과 함께 인신매매에 팔려간 많은 탈북자를 구했었다.

그렇지만 조금 전에 두만강을 건너온 탈북자를 보는 것과 그녀들의 시체나 다름이 없는 깡마른 모습, 그리고 두 손으로 요리를 입속에 퍼 넣는 게걸스러운 광경은 처음 보기에 큰 충격을 받아 가슴이 먹먹해졌다.

재영의 충격은 남달랐다. 곤명에서 탈북자들을 난생처음으로 만나서 베트남 밀림을 헤치고 라오스를 거쳐서 태국 타완림콩까지 그들을 이끈 재영이지만 북한의 현실이 이처럼 처참할 줄은 미처 예상하지 못했었다.

옥단카는 입장이 재영이나 다혜하고는 또 다르다. 재영과 다혜는 한국인이라서 본질적으로 가슴 밑바닥에는 언제나 북한 동포에 대한 생각을 깔고 있다.

하지만 옥단카는 중국에서도 소수민족인 묘족으로서 정필을 만나기 전까지는 탈북자에 대해서 한 번도 생각해 본 적이 없었다.

그런 그녀지만 정필과 행동하면서 탈북자들을 직접 눈으로 보고 몸으로 겪었다.

그리고 틈날 때마다 김길우에게 탈북자에 대해서 이것저것 물어서 이제는 꽤 많은 것을 알게 되었다.

정필과 다혜, 재영, 석철은 차 안에서 술을 마셨다.

50도짜리 독한 바이주를 일행은 주거니 받거니 하면서 얘기를 나누었다.

"정필아, 너래 남조선에 간 우리 아매하고 선미 어드러케 됐는지 알고 있니?"

"안기부에서 나와서 교육을 받고 있다더라."

정필은 어제 저녁에 연길에 도착했기 때문에 석철의 모친과 여동생인 선미하고 전화 통화를 해보기는커녕 아직 은주하고도 통화를 하지 못했다.

"기래?"

"6주 교육이라니까 다음 달 초면 사회에 나가서 자유롭게 생활을 할 거야."

석철은 고개를 가로저으며 난색을 지었다.

"야아… 아무것도 모르는 여자 둘이서 뭘 해서 어케 먹고 살 거인지 개당이 없다이."

"걱정 마라. 내가 다 손을 써두었다."

"기래?"

"북한 사람들이 통일부에서 교육이 끝나고 사회에 나오면 아무 걱정 없이 편하게 살아갈 수 있도록 만반의 준비를 해뒀다."

"야아… 정필이 너래……."

석철은 고마움에 말을 잇지 못하다가 아직도 열심히 찬합의 음식을 먹고 있는 모녀를 가리켰다.

"윤미하고 윤미 아매를 부탁한다. 원하는 대로 해주라우. 내 생각 같아서는 남조선에 데려다주는 거이 좋갔구만."

"알았다."

석철이 착잡한 얼굴로 말했다.

"윤미 여동생하고 남동생 둘이 먹을 걸 구하갔다고 며칠 전에 두만강을 도강하다가 발각돼서리 국경수비대한테 총 맞아 죽었다는 말이다."

석철의 말에 윤미와 모친은 음식을 볼이 터지도록 쑤셔 넣고 씹다가 멈칫하더니 곧 뜨거운 눈물을 뚝뚝 흘렸다.

"우우……."

입안에 가득 든 음식 때문에 소리도 제대로 내지 못하고 모녀는 먹다 말고 끅끅거리면서 울었다.

윤미에겐 여동생과 남동생이고 엄마에겐 딸과 아들인 두

사람이 불과 며칠 전 저 아래 두만강을 건너다가 발각돼서 국경수비대 총에 맞아서 죽었다.

그런데 자신들은 여기에서 맛있는 음식을 보고는 눈이 뒤집혀서 볼이 미어터지도록 먹어대고 있다는 현실에 직면하여 더할 수 없는 비참함을 느끼고 있는 것이다.

정필이 쓰디쓴 표정으로 입을 열었다.

"나도 얘기 들었다. 배가 고파서 도강하는 사람들을… 그것도 같은 동족들을 총으로 사살한다는 게 말이 되니?"

석철이 바이주를 입안으로 쏟아붓고는 버럭 소리를 질렀다.

"김정일이 그 개간나새끼부터 공개 총살을 시켜야 돼! 그래야 공화국이 제대로 될 거다이!"

윤미 모녀가 화들짝 놀랐다.

"옴마야… 오라바이 장군님을 욕하다이……."

"주둥이 닥치라우! 장군님은 무시기?"

석철은 윤미에게 벌컥 화를 냈다.

"굶어 죽어가는 인민들 쏴 죽이라고 명령하는 새끼가 어드러케 장군이야?"

재영이 차가운 얼굴로 중얼거렸다.

"우리가 평양에 잠입해서 김정일 그 새끼를 죽이면 통일이 되지 않을까?"

석철과 윤미 모녀가 깜짝 놀라서 재영을 쳐다보았다.

석철은 재영을 보며 환하게 웃었다.

"이 사람 내하고 생각이 똑같구만기래."

석철은 제 가슴을 쿵쿵 쳤다.

"형씨, 김정일이 죽이러 갈 거면 내를 꼭 끼워주기요."

"알았소."

재영은 고개를 끄떡이고 나서 석철에게 손을 내밀었다.

"나 고재영이오."

정필이 미소 지으며 설명했다.

"내 군대 시절에 중대장님이셨다."

"기이래?"

석철은 재영의 손을 덥석 잡고 흔들었다.

"내래 정필이 친구 양석철임다. 잘 부탁한다."

정필이 설명했다.

"중대장님께서 여기 탈북자들을 도우려고 오셨다."

"야아… 정말 고맙슴다! 내래 천군만마를 얻은 것 같슴다!"

석철은 다혜를 쳐다보았다.

"그럼 이 녀성 동무래 뉘기야?"

"아……."

정필은 다혜를 뭐라고 소개할까 생각하는데 다혜가 석철에게 불쑥 손을 내밀었다.

척!

"정다혜예요."

석철은 다혜가 악수를 청하자 움찔 놀라 머뭇거렸다.

다혜는 옆에 앉은 석철을 어깨로 툭 밀쳤다.

"뭐 해요? 악수하기 싫어요?"

"어……."

석철이 어정쩡하게 손을 내밀자 다혜가 덥석 잡고 흔들었다.

"석철 씨 얘기는 정필 씨한테 많이 들었어요. 앞으로 잘해 봅시다."

"……."

"대답 안 해요?"

석철은 깜짝 놀랐다.

"앗! 네… 그러갔슴다."

정필이 빙그레 미소 지었다.

"석철아, 다혜 씨는 안기부 요원이다."

"우왓!"

석철은 소스라치게 놀라서 급히 다혜에게서 멀찍이 떨어지며 비명을 질렀다.

그러나 다혜가 손을 놓지 않았기 때문에 석철은 도망치듯 물러나다가 용수철처럼 다시 다혜에게 끌려갔다.

다혜는 자신의 품에 안겨서 얼굴이 맞닿을 정도로 가까워진 석철의 뺨에 입을 맞추었다.

쪽!

"너래 나한테 뽀뽀하고 싶었니?"

"왁!"

석철은 다시 후다닥 떨어지며 비명을 질렀다. 이번에는 다혜가 손을 놓아준 덕분에 윤미 모녀하고 부딪쳐서 한 덩어리로 뒤엉켰다.

"야아… 고조 무시기 에미나이가 감당이 안 됨까?"

"석철 씨 몇 살이에요?"

"26살 정필이하고 동갑임다."

"그럼 내가 누나네요. 앞으로 누나라고 부르세요."

"어……."

사실 다혜 나이는 올해로 25살이 되어 정필보다 한 살 어리니까 말짱 거짓말이다.

"석철아, 누나라고 불러봐라."

"……."

"얼른 못 불러?"

다혜가 발끈하자 석철은 화들짝 놀랐다.

"누, 누님."

"그래, 석철아. 앞으로 누나 말 잘 들어라."

"아… 알겠슴다."

정필이 빙그레 웃었다.

"석철아, 다혜 씨 우리보다 한 살 어리다."

"엉?"

석철이 깜짝 놀라서 쳐다보자 다혜는 어린아이 어르듯 고개를 끄떡거렸다.

"내가 한 살 어려도 석철이 누님이지? 안 그러니, 석철아?"

"이… 종간나……."

석철이 화가 치밀어서 다혜에게 주먹을 휘두르려다가 멈칫했다.

다혜가 어느새 권총을 뽑아서 총구를 그의 이마에 딱 붙이고 있었기 때문이다.

"힉?"

다혜가 총구로 석철의 이마를 슬쩍 밀면서 명령했다.

"누나라고 불러."

"으으……."

"쏴버릴까?"

"누… 누님."

석철과 윤미 모녀는 잔뜩 겁에 질려 있는데 정필과 재영이 웃음을 터뜨렸다.

"하하하하! 석철이 누님 생겨서 좋겠구나!"

다혜가 권총을 거두어 파카 안주머니에 넣는 것을 보고 석철이 오만상을 일그러뜨렸다.

"이… 쌍……."

"욕할래?"

다혜가 다시 권총을 뽑으려는 시늉을 하자 석철이 부리나케 두 손을 저었다.

"아, 아닙다! 누님!"

석철이 두만강을 건너기 위해서 차에서 내리고 정필 일행이 배웅했다.

"정필아, 이틀 후 이 시간에 내가 사람 3명 데리고 도강한다는 거이 잊으면 앙이 된다."

"알았다. 시간 맞춰서 오겠다."

다혜가 석철의 궁둥이를 툭툭 쳤다.

"석철 오빠, 나도 같이 올게."

"어……."

석철은 다혜가 또 언제 어떻게 변할지 몰라서 얼른 캄캄한 언덕 아래를 달려 내려가면서 뒤돌아보았다.

"정필아! 윤미하고 아매 잘 부탁하꼬마!"

정필 일행은 윤미 모녀와 함께 출발했다.

옥단카는 다시 뒷자리로 가고 정필이 운전했다.

부우웅—

레인지로버는 비포장 언덕길을 거침없이 달려서 거뜬하게 도로에 올라서 달렸다.

재영은 오른쪽의 보이지 않는 캄캄한 두만강을 차창 밖으로 내다보았다.

"저 아래에 두만강이 있는 거냐?"

"그렇습니다."

창밖을 묵묵히 내다보고 있던 재영이 갑자기 창 쪽으로 급히 몸을 돌리면서 낮게 외쳤다.

"총 쏘고 있다!"

정필이 급히 오른쪽 창을 보니까 저 아래 캄캄한 곳에서 불빛이 번쩍거렸다.

"기관총이다!"

재영이 소리치면서 급히 창문을 내렸다.

투타타타타—!

콩을 볶는 듯한 총소리가 메아리를 치면서 지척에서 들리는 것 같았다.

"망원경!"

재영이 손을 내밀자 정필이 재빨리 적외선 망원경을 건네주었다.

정필은 급정거를 해서 차를 세웠고, 재영은 차 밖으로 튀어나가서 망원경으로 아래를 살펴보다가 갑자기 거칠게 욕을 내뱉었다.

"저 개새끼들이 도강하려는 사람들을 사살하고 있어! 미친놈의 새끼들!"

정필이 재영에게서 망원경을 받아 두만강을 살펴보고, 다혜와 옥단카도 내렸다.

그렇지만 윤미 모녀는 레인지로버 뒷자리에서 무서움에 떨며 서로 꼭 부둥켜안고 있었다.

퍼펑! 펑!

갑자기 두만강 상공이 대낮처럼 환하게 밝아졌다. 조명탄을 쏜 것이다.

투타타타타타―

두만강 건너 넓은 백사장에 사람들이 엎드려 있으며, 그 너머 강둑 국경수비대 초소에서 기관총을 무차별 발포하고 있는 광경이 그대로 드러났다.

재영이 핏발 곤두선 눈으로 외쳤다.

"저 시팔새끼들이 사람들 다 죽이겠다!"

그는 정필이 말릴 새도 없이 언덕 아래로 달려 내려갔다.

정필이 다혜에게 손을 내밀었다.

"권총 줘요!"

"왜요?"

"팀장님 빌려 드려요!"

다혜는 악에 받쳐서 외쳤다.

"싫어요! 나도 갈래요!"

정필은 다혜에게 레인지로버를 가리켰다.

"다혜 씨는 차 지켜요!"

"나도 갈 거예요!"

"그럼 차는 누가 지킵니까?"

정필은 언덕 아래로 달려 내려가며 외쳤다.

"정필 씨!"

다혜가 품속에서 권총을 꺼내면서 다급하게 외쳤지만 정필의 모습은 어느새 사라졌고 옥단카까지 정필을 따라가서 그 자리에는 다혜 혼자 남았다.

"빌어먹을!"

화가 난 그녀는 레인지로버 타이어를 발로 걷어찼다.

중국 쪽 두만 강가에 서 있는 정필과 재영은 불과 70~80m 전방에서 벌어지고 있는 학살극을 바라보면서 주먹을 쥐었다 폈다 반복했다.

"저 개새끼들이……."

정필과 재영은 여러 차례 해외에 파병되어 실전에 투입됐었지만 군인이 민간인들을 무차별 사살하는 광경은 처음 보기에 눈이 뒤집혔다.

조명탄이 꺼지자 또다시 새 조명탄이 켜졌다.

퍼펑!

그 아래 드넓은 백사장에 납작하게 엎드려 있는 사람 수가 15명 정도로 보였다.

그렇지만 아무도 움직이지 않고 있어서 죽은 사람과 산 사람을 구별할 수가 없다.

투타타타타타―

강둑의 북한 국경수비대 초소에서는 산 사람이든 죽은 사람이든 가리지 않고 조명탄으로 확인된 위치에 기관총탄을 소나기처럼 퍼부었다.

조명탄이 꺼지자 정필이 적외선 망원경으로 강 너머를 살펴보다가 소리쳤다.

"몇 명이 이쪽으로 도강합니다!"

어두워지니까 엎드려 있는 사람들 중에서 살아 있는 사람들이 달리는 모양이다.

"가자!"

타타타탁―

재영의 말이 떨어지기 무섭게 두 사람은 얼어붙은 두만강 위를 달리기 시작했고 그 뒤를 질세라 옥단카가 따랐다.

슈우우…….

밤하늘에서 휘파람 소리 같은 것이 길게 울려 퍼지자 정필이 소리쳤다.

"조명탄입니다!"

정필은 달리는 것을 멈추고 뒤따르는 옥단카를 붙잡고 즉시 바닥에 엎드렸다.

퍼펑! 빠자자작!

머리 위의 밤하늘이 확 밝아지면서 얼음 위에 엎드려 있는 정필과 재영을 환하게 비쳤다.

두 사람은 불빛이 사그라질 때까지 그 자리에서 꼼짝도 하지 않고 전방을 쳐다보았다.

저만치 20m쯤 앞에 5명이 강을 향해서 달려오고 있는데 밝은 조명탄 불빛 아래 그들의 모습이 너무도 생생하게 잘 보였다.

"밥통들아! 엎드려!"

정필보다 3m쯤 앞쪽에 엎드려 있는 재영이 악썼지만 그들을 멈추게 하지는 못했다.

타타타타타—

"악!"

강둑의 국경수비대 초소에서 기관총 사격은 멈추지 않았고, 달려오던 5명 중에 3명이 비명을 터뜨리며 엎어졌다.

그리고 나머지 2명이 계속 달려오는데 조명탄이 꺼져가고 있으며 기관총이 그들을 조준 사격을 해댔다.

투카카카카카—

"허억!"

정필과 재영은 한 명이 거꾸러지는 것까지 봤을 때 불빛이 사라지고 사방이 캄캄해졌다.

그렇지만 기관총은 멈추지 않고 나머지 한 명이 달리고 있는 궤적을 좇아서 사격을 해댔다.

"이런, 씨팔! 정필아! 흩어져라!"

재영이 욕하면서 악을 바락바락 질렀다. 살아남은 나머지 한 명이 정필과 재영을 향해서 곧장 달려오니까 기관총이 그 뒤를 따라서 갈겨대고 있었다.

잠시 후면 정필과 재영이 엎드려 있는 곳이 벌집이 돼버릴 판국이다.

타타타타탓—

정필은 옥단카를 품에 안은 채 미친 듯이 왼쪽으로 몸을 굴렀다.

쩌쩌쩌쩡— 파파파팍—

총탄이 얼음에 맞으면서 얼음 가루가 튀어 정필의 얼굴과 몸을 때렸다.

그때 갑자기 총소리가 뚝 멈추고 질식할 것 같은 적막이 찾아들었다.

"정필아, 괜찮니?"

"앗!"

그때 재영이가 정필이 무사한지 묻는데 갑자기 놀라는 소리가 정필 옆에서 들렸다.

옥단카를 안고 있는 정필이 고개를 돌려서 소리가 들려온 곳을 쳐다보았다. 그에게서 3m쯤 떨어진 옆쪽에 한 사람이 엎드려서 재영이 있는 쪽을 쳐다보고 있는데 거친 숨소리를 쌕쌕 토하고 있었다.

"하아아… 하아아……."

숨소리를 들으니 여자인 것 같았다.

아무도 없는 줄 알고 뛰었는데 갑자기 강에서 사람 목소리가 들리니까 놀란 것이다.

정필은 옥단카를 놓고 소리 없이 여자에게 엉금엉금 기어가서 갑자기 덤벼들어 뒤에서 팔로 그녀의 몸뚱이를 안으며 다른 손으로는 입을 틀어막았다.

"으읍……!"

여자가 화들짝 놀라더니 마구 몸부림쳤다. 하지만 정필의 완력 앞에서는 꼼짝도 하지 못하고 갓 잡아 올린 물고기처럼 펄떡거리기만 했다.

정필은 무릎을 꿇은 자세로 여자를 바싹 끌어안고 최대한 부드럽게 말했다.

"나는 중국 연길에서 온 사람입니다. 해치지 않을 테니까 놔주면 가만히 있어야 합니다."

"으음……."

"가만히 있겠다면 고개를 끄떡이세요."

여자가 고개를 끄떡이는 걸 보고 정필이 팔을 풀어주었다.

"아아……."

여자가 벌떡 일어서려는 걸 정필이 재빨리 팔을 잡아서 그 자리에 앉혔다.

"일어서면 인민군이 총을 쏠 겁니다. 앉아요."

총을 쏜다는 말에 여자는 바닥에 웅크려 앉았다.

"중국에 갈 겁니까?"

정필의 물음에 여자가 고개를 끄떡였다. 어둠 속에서도 여자가 몹시 깡말랐으며 놀라움과 두려움 때문에 눈을 커다랗게 뜨고 있는 게 보였다.

"중국에 데려다줄 테니까 우리하고 같이 갑시다."

"아… 내를 중국 남자한테 팔 거임까?"

여자가 겁에 질린 목소리로 겨우 물었다. 아마 인신매매에 대해서 알고 있는 모양이다.

정필은 여자를 안심시키는 것이 우선이라고 생각했다.

"혹시 무산에 사는 은애나 은주, 선미를 압니까?"

"아… 암다."

"어떻게 압니까?"

"은주가 내하고 동무임다."

"은주 아버지 조석근 씨하고 남동생 은철이도 내가 구했습니다."

"아아……."

여자가 안도의 탄성을 터뜨렸다.

"은주, 어드메 있슴까? 연길에 있슴까?"

"아닙니다. 대한민국에 있습니다."

"대… 한민국이 어딤까?"

"남조선입니다."

"옴마야……."

여자는 마치 '은주는 지옥에 있다'라는 말을 들은 것 같은 표정을 지었다.

그런데 여자가 두리번거리는 걸 보고 정필이 물었다.

"누굴 찾습니까?"

"내 동생……."

정필은 이 여자의 동생이 조금 전에 같이 뛰어오다가 마지막에 총을 맞고 쓰러진 사람일 거라고 생각했다.

여자가 북한 방향을 향해 외쳤다.

"연지야!"

정필이 그녀를 달랬다.

"조용히 하세요."

그런데 그때 어둠 속 북한 방향에서 신음 소리가 들렸다.

"아아… 아파… 언니야… 너무 아프다이……."

정필 등이 있는 곳에서 15m쯤 거리다.

"연지야!"

여자가 깜짝 놀라서 부르짖으며 소리가 들려온 곳으로 가려는 것을 정필이 급히 팔을 붙잡았다.

정필은 저 멀리 강둑을 보다가 얼굴을 찌푸렸다. 어둠 속에서 플래시 불빛 몇 개가 보였으며 그것들이 조금씩 가까워지고 있었다.

북한 국경수비대 군인들이 자신들이 사살한 현장을 확인하러 오는 것 같았다.

"연지야! 너 괜찮니? 총 맞은 거이니?"

"으허엉……. 언니야… 다리가 아파서리… 움직일 수가 없어……."

여자와 연지라는 여동생은 울부짖으면서 대화를 했다.

"팀장님, 놈들이 옵니다."

"내가 연지를 데리고 오겠다."

정필과 여자의 대화를 다 들은 재영이 말과 함께 연지를 향해 포복으로 재빠르게 다가갔다.

정필이 여자에게 급히 말했다.

"내 동료가 여동생을 데려올 테니까 여동생한테 안심하라고 말하세요."

"연지야! 누가 널 데리러 가니까 그 사람 따라오라! 내 말 알겠니?"

"아아… 언니야… 너무 아프다이… 흐으응……."

정필은 뚫어지게 강 건너를 쏘아보았다. 플래시 불빛이 백사장에 도착하여 이리저리 비추고 있었다.

북한 군인 즉, 인민군들이 서성거리고 있는 곳에서 연미가 쓰러져 있는 곳은 불과 20여 미터다. 재영이 연지를 구할 때 북한 군인들이 그쪽으로 플래시만 비춰도 끝장이다.

"옥단카."

정필은 옥단카에게 여자를 강 건너 중국 쪽으로 데려가라는 손짓을 해보이고 여자에게 말했다.

"따라가세요."

"저는……."

"당신이 먼저 가야지만 우리가 안전하게 여동생을 데리고 갈 수 있습니다."

여자는 안심이 안 되는지 연신 뒤돌아보면서 엉금엉금 기어서 옥단카와 함께 중국 쪽으로 향했다.

척!

정필은 품속에서 cz-75를 꺼내 인민군들이 있는 곳으로 겨누고, 왼손으로는 적외선 망원경을 눈에 댔다.

망원경을 아래로 내려서 재영을 찾아보니까 그는 얼음 바닥에 납작하게 엎드려서 한 손으로 연지의 어깨를 잡고 포복을 하면서 기어오고 있는 중이다.

정필은 다시 망원경을 인민군들에게 향했다.

사삭……. 스사삭…….

어둠 속에서 기어오고 있는 재영의 모습이 육안에 들어왔다. 정필과의 거리는 5~6m쯤이다.

"일어나서 업고 뛰십시오."

정필의 말에 재영이 벌떡 일어서더니 연지를 들쳐 업고 중국 쪽으로 냅다 달리기 시작했다.

"……!"

그때 정필은 인민군 중 한 명이 플래시를 이쪽으로 비추려는 것을 발견했다.

달리고 있는 재영에게 엎드리라고 하기에는 너무 늦었다. 만약 발각된다면 해결할 사람은 정필이다.

'제발 비추지 마라.'

정필은 속으로 간절하게 빌었다. 인민군들이 플래시를 이쪽으로 비춰서 재영이 발각되면 정필이 그를 쏠 수밖에 없는 상황이다. 그러면 문제가 커진다.

그런데 정필의 바람이 물거품이 되었다. 인민군 한 명이 기어코 정필 쪽으로 플래시를 비췄다.

반드시 무언가를 찾겠다는 것이 아니라 그저 뭐가 없나 싶어서 아무렇게나 비춰보는 불빛이었다.

불빛이 엎드려 있는 정필 위쪽을 지나쳐서 재영을 향해 뻗어갔다.

정필은 cz—75로 인민군을 정조준했다. 인민군에게 발각됐는지 어떤지 재영을 돌아볼 필요는 없다. 인민군이 다음에 어떤 행동을 취하는지를 지켜보면 알 수 있다.

그런데 플래시를 비추던 인민군이 움찔하더니 급히 어깨에 메고 있던 소총을 손에 쥐었다.

큐웅!

그 순간 정필의 소음 부스터를 부착한 cz—75의 총구에서 불꽃이 뿜어졌다.

"억!"

재영을 쏘려던 인민군은 미간에 총알 한 발이 정통으로 적중돼서 상체가 휘딱 뒤로 젖혀지더니 그대로 뒤로 널브러졌다.

정필은 벌떡 일어나 북한 군인들 쪽을 망원경으로 보고 또 cz—75를 겨눈 채 뒷걸음질 쳤다.

인민군 중 한 명은 쓰러진 동료를 살펴보고 다른 자들은 주위에 플래시를 비추면서 우왕좌왕하고 있다.

정필에게 총 맞아서 죽은 북한군이 아무 말도 없이 죽어버렸기 때문이다.

제51장
피바람

'저 새끼들!'

뒷걸음질 치면서 물러나던 정필은 강 건너 북한 쪽에서 인민군들이 정필 쪽으로 플래시를 비추면서 몰려오는 것을 발견했다.

인민군들은 아직 정필이나 재영을 발견하지 못했다.

시간상으로 봤을 때 지금쯤 재영은 이미 강을 건너 언덕을 오르고 있을 것이다.

또한 뒷걸음질 치고 있는 정필은 강의 복판을 지났다. 그것은 그가 현재 중국 영토에 있다는 뜻이다.

원칙적으로 봤을 때 조금 전에 인민군들이 강을 향해 사격을 한 것도 명백한 도발 행위다. 중국 영토에 대고 사격을 했기 때문이다.

만에 하나 중국이 이 사실을 알게 된다면 결코 그냥 넘어가지 않을 것이다.

그런데 인민군들이 그것으로도 모자라서 아예 떼거리로 두만강을 가로질러 건너오고 있는 것이다. 놈들은 자신들의 동료를 죽인 사람이 강 위나 강 건너에 있을 것이라고 확신한 모양이다.

정필이 뒤돌아서 뛰려고 하는데 하나의 플래시 불빛이 그를 비췄다.

그 순간 그는 얼음 바닥으로 몸을 날렸다.

파앗!

플래시 하나가 비춰지면 그 다음에는 두 개 세 개가 연달아 비춰질 것이고, 그러면 그 다음은 플래시가 아니라 인민군들의 소총이 불을 뿜을 것이다.

그런데 플래시 하나가 몸에 비춰지는 순간 정필이 몸을 날려서 불빛에서 사라져 버렸다.

그러면 그 다음에는 여러 개의 플래시가 분주하게 비추면서 정필을 찾는 것이 순서다.

타타타타탕―

그런데 인민군들은 중간 단계를 무시하고 전방을 향해 좌우로 긁으면서 소총을 갈겨댔다.

'저 미친 새끼들······.'

정필은 속으로 욕을 퍼부으며 한쪽 방향으로만 계속해서 데굴데굴 굴렀다.

군인들은 전방의 목표물을 정확하게 인지하지 못했을 경우에는 전방을 향해 부챗살처럼 각을 잡아서 좌우로 사격을 하는 것이 일반적인 사격술이고 측면을 향해서 사격을 하는 경우는 드물다.

그래서 정필은 어떻게 해서든지 인민군들의 측면으로 구르려고 노력했다.

'헉헉헉······. 개새끼들······.'

정필은 구르기를 멈추고 엎드린 자세로 헐떡거리면서 인민군들을 쳐다보았다.

그는 어느새 인민군들의 왼쪽 측면까지 굴러왔다.

인민군들은 계속 전방을 향해서 소총을 좌우로 흔들며 드르륵! 드르륵! 갈기고 있다.

하지만 정필이 있는 곳까지는 미치지 못하고 정면 중국 쪽 언덕이 쑥대밭으로 변하고 있었다.

정필은 잠시 갈등했다. 여기에서 대응사격을 하느냐, 아니면 이대로 가만히 있느냐.

인민군들이 정필을 쏘지 않으면 그도 구태여 대응사격을
할 필요가 없다.

그가 갈등하고 있을 때 5명 중에서 가장 오른쪽의 인민군
이 정필이 엎드려 있는 쪽으로 소총의 총구를 돌렸다. 바보
멍청이가 아닌 이상 그자가 정필 쪽으로 사격을 가할 것이라
고 예상하는 것은 당연하다.

그자는 정필이 보이지 않지만 아무 데나 갈기고 보자는 심
산인 것 같다.

쿵!

"끅!"

막 정필 쪽으로 사격하려던 인민군의 콧등에 구멍이 뚫리
면서 답답한 소리가 터졌다.

정필과 인민군들과의 거리는 7~8m쯤 되기 때문에 흐릿하
긴 해도 사격을 해서 맞출 수 있을 정도로 사물을 분간할 수
는 있다.

반면에 정필은 바닥에 납작하게 엎드려 있기 때문에 인민군
들 눈에는 잘 보이지 않았다.

맨 오른쪽의 인민군이 콧등에서 피를 뿜으면서 뒤로 벌렁
퉁겨지며 쓰러지자 그 옆의 인민군이 깜짝 놀라 재빨리 정필
쪽으로 소총을 겨누었다.

아니, 빠르고 늦은 차이는 있지만 4명 모두 정필 쪽으로 소

총을 겨누며 사격하려고 했다.

투충! 픽!

"억!"

cz—75가 불을 뿜었고 두 번째 인민군의 상체 어딘가에 총알이 박혔다.

그리고 0.5초도 안 되는 아주 짧은 순간, 고요한 적막이 흐르며 주위를 지배했다. 정필은 그 적막이 인민군들이 소총을 사격하기 직전의 고요라는 사실을 직감하고 다급하게 옆으로 몸을 굴렸다.

투투투카카칵! 타타타타탕!

그리고 한순간 인민군 3명의 소총이 일제히 정필을 향해 사격을 개시했다.

어둠 속에서 인민군들의 소총 총구에서 번쩍번쩍 불꽃이 뿜어졌다.

인민군들은 그냥 사격을 하는 게 아니라 소총을 좌우로 긁듯이 쏴대기 때문에 정필은 될수록 빠르게 그리고 멀리 사정권 내에서 벗어나야만 한다.

퍼퍼퍼퍼픽!

사력을 다해서 미친 듯이 구르고 있는 그의 몸 옆에서 얼음 조각들이 마구 튀어 올랐다.

그는 또다시 인민군들의 오른쪽 측면으로 돌아가기 위해서 죽을힘을 다해서 몸을 굴렸다.

그러나 인민군들은 이미 정필을 발견했다. 그의 모습을 또렷하게 볼 수는 없지만 하나의 흐릿한 검은 물체가 오른쪽으로 얼음 바닥을 맹렬하게 구르고 있는 것을 보고 그곳을 향해 집중사격을 가했다.

투타타타타탕! 투카카카캇!

원래 소련제 AK47 경기관총을 복제해서 만든 것이 지금 북한 인민군들이 사용하고 있는 58식보총이다.

원래 소련제 AK47은 근거리에서 사격을 해도 명중률이 형편없는데 그걸 복제한 북한의 58식보총의 성능은 말하나 마나다.

정필은 거의 제정신이 아닌 상태로 구르면서 인민군들에게서 조금씩 멀어졌다.

그의 몸 주위로 소나기처럼 총탄이 스쳐 지나가고 얼음 가루들이 우박처럼 튀어 온몸을 때렸다.

아무리 북한제 58식보총의 정확도가 떨어진다고 해도 지금처럼 갈겨대면 용·빼는 재주가 없다. 10초 후면 정필의 몸은 벌집으로 변해 있을 것이다.

정필은 태어나서 처음으로 죽음이라는 섬뜩한 것이 뇌리를 스쳤다. 이러다가 자신이 죽을 수도 있다는 생각이 생애 최초로 들었다.

타앙!

그때 정필은 인민군들의 58식보총이 아닌 전혀 다른 한 발의 총성을 들었다.

EAA탄포글리오. 다혜의 권총이다.

그 순간 인민군들의 드르륵거리는 총소리가 뚝 끊어졌다.

정필이 재빨리 자세를 바로하고 엎드린 자세로 쳐다보니까 3명 중에서 복판의 인민군이 처절한 비명을 지르면서 뒤로 벌러덩 쓰러졌다.

순간 정필은 앞뒤 생각할 거 없이 인민군들을 향해 cz—75를 미친 듯이 발사했다.

큐쿵! 투충! 쿵쿵!

인민군들이 춤을 추듯이 팔다리를 흔들면서 비틀거리는 걸 보면서 정필은 벌떡 일어나 탄창에 들어 있는 탄환들을 모조리 갈겨 버렸다.

"이 개놈의 새끼들아!"

투큐큐쿵! 투충충!

조금 전 북한 쪽 강독 국경수비대에서 도강하는 사람들에게 무차별 기관총 사격을 했던 광경이 떠올라서 정필은 눈을 부릅뜨고 욕을 퍼부으면서 사격을 했다.

인민군들이 모두 쓰러져서 이미 숨이 끊어져 움직임이 없지만 그는 그 몸뚱이에 대고 계속 총을 쏴댔다.

"준상!"

갑자기 들려온 옥단카의 외침에 정필은 그쪽을 쳐다보면서도 인민군들에게 사격을 멈추지 않았다.

총알이 다 떨어져서 권총에서 틱틱거리는 소리가 나는 데도 너무 분노하여 사격을 멈출 수가 없다.

"준상!"

어둠 속에서 옥단카가 불쑥 튀어나와 정필을 와락 안았다.

"헉헉헉… 옥단카……."

"가! 어서 가!"

옥단카가 정필을 중국 쪽으로 잡아끌었다. 정필은 옥단카가 울고 있는 것을 발견했다.

정필은 쓰러져 있는 인민군들 쪽으로 걸어갔다.

피범벅이 되어 누워 있거나 엎어져 있는 인민군들의 모습을 보면서 정필은 후련하기보다는 착잡함을 느꼈다.

슈우우…….

그때 휘파람 소리 같은 것이 길게 들렸다.

정필은 반사적으로 그게 조명탄이 허공으로 발사되는 소리라는 것을 깨닫고 중국 쪽으로 뛰기 시작했다.

타타타타탁!

옥단카가 뒤처지자 그녀의 손을 잡고 결사적으로 뛰었다.

뒤쪽 강 위의 밤하늘 높은 곳에서 조명탄이 터졌다.

파아악!

조명탄이 사방을 밝히고 있는 동안 북한군 국경수비대 초소에서 망원경으로 보면 두만강 얼음 위에 죽어 있는 인민군들을 발견할 것이다.

그리고 정필이 중국 쪽으로 달려가고 있는 모습을 보게 된다면 그가 인민군들을 죽였을 것이라고 생각하는 것은 당연지사다.

정필은 어느덧 중국 쪽 강가를 15m쯤 남겨둔 지점에 이르렀다.

여기까지 왔으면 일단 안심이다. 여긴 중국 영토나 다름이 없는데 국경수비대 초소에서 기관총 사격을 가하지는 않을 것이다.

"정필아! 사격이다!"

"정필 씨! 피해요!"

그때 중국 쪽 강둑 위에서 재영과 다혜가 찢어지는 비명을 질러댔다.

북한 쪽 국경수비대 초소에서 정필이 있는 곳까지의 거리는 약 250m다.

재영과 다혜는 그쪽 초소에서 불이 번쩍이는 것을 보고 기관총 사격을 한다고 소리친 것이다.

중국 쪽 강변을 5m쯤 남겨둔 곳에서 정필은 옥단카의 손을 잡고 몸을 날렸다.

투퍼퍼퍼퍼퍽!

정필과 옥단카는 강가의 누런 풀밭에 나뒹굴고, 그 뒤쪽 강 위에 총탄이 우박처럼 쏟아졌다.

"정필아!"

재영과 다혜가 언덕 아래까지 내려와서 소리쳤다.

환한 조명탄 아래 정필과 옥단카, 재영, 다혜가 중국 쪽 언덕을 달려 올라가는 모습이 환하게 드러났다.

그리고 북한 쪽 기관총 사격이 멈추었다.

정필 일행은 언덕 위에 나란히 서서 저 멀리 북한 국경수비대 초소를 바라보았다.

"죽일 놈들……."

재영이 이를 갈듯이 중얼거렸다.

뚜르르르…….

그때 정필의 품속에서 휴대폰이 울렸다.

─정필아! 방금 그거이 너희들이니?

석철의 목소리가 다급했다.

"그래!"

─날래 도망치라우! 너희들 잡으라고 여기 군인 애들이 그 쪽으로 가고 있다는 말이다!

"무슨 소리냐? 여긴 중국이야!"

―중국이고 나발이고 까라면 까는 기야! 대대장이 너희들 잡아오라고 지랄 발광을 떨고 있다는 말이다! 아들이 곧 덮칠 끼니까 날래 튀라우!

레인지로버는 무산을 뒤로하고 연길을 향해 달렸다.

정필 일행은 북한 인민군이 자신들을 잡으러 두만강을 넘 었을 것이라는 사실에 대해서 생각할 겨를이 없다.

총에 맞은 연지가 죽어가고 있기 때문이다.

윤미 모녀는 맨 뒷좌석 2개를 펴서 그리 가고 중간 좌석에 는 연지가 눕혀졌다.

연지 언니 연수는 조수석에 옥단카와 함께 앉았으며, 재영 과 다혜가 연지를 응급처치하고 있는 중이다.

연지는 왼쪽 엉덩이 바로 아래에 총상을 입었는데 허벅지 를 관통해서 총탄이 앞쪽으로 빠져 나갔다.

앞쪽이라고 하지만 허벅지 맨 위 아랫배가 시작되는 움푹 들어간 곳에서 불과 7㎝ 아래쪽이다.

재영은 연지의 바지와 속옷을 다 벗기고 원래 차에 있던 붕 대로 상처 윗부분을 힘껏 동여맸다.

재영은 연지의 왼발을 자신의 어깨에 얹고 두 손으로 붕대 위쪽의 지혈점을 손가락으로 힘껏 누르고 정필에게 악을 쓰듯이 외쳤다.

"정필아! 더 밟아라!"

연지는 이미 정신을 잃었는데 안색이 창백한 상태로 다혜의 무릎을 베고 있다.

북한 73식 기관총 탄환은 길고 굵으며 유효사거리가 1㎞나 된다.

그런데 연지는 그걸 불과 150m 가까운 거리에서 맞았기 때문에 허벅지에 커다란 구멍이 뚫렸고 동맥이 손상되어 피를 너무 많이 흘렸다.

"연지야……! 연지야! 죽으면 안 된다아……! 어흐흐흑!"

조수석의 연수는 뒤돌아보면서 처절하게 울부짖었다.

"다혜 씨! 지금 어때요?"

운전을 하는 정필이 다급하게 묻자 다혜가 연지 목의 맥을 짚어보았다.

"맥이 잡히지 않아요!"

"준상! 옥단카가 한다!"

갑자기 옥단카가 뒤쪽을 가리키며 정필에게 소리쳤다.

정필은 마지막 희망을 옥단카에게 걸었다. 그녀는 신비한 약이나 기술을 지니고 있으므로 어쩌면 연지를 살릴 수 있거나 위기를 넘기게 해줄지도 모른다.

정필은 레인지로버를 몰고 곧장 연길 평화의원으로 갔다.

오는 길에 임시 검문소가 두 군데 있었지만 무사통과했다. 처음에 연길시를 벗어날 때, 정필을 검문했던 공안이 길림성 당서기 특수 보좌관의 차가 레인지로버라는 것과 차 넘버를 다른 공안들에게 알린 것 같았다.

재영이 연지를 들쳐 업고 평화의원으로 달려 올라갔다.

미리 전화를 받고 대기하고 있던 평화의원 원장 강명도는 즉시 연지를 수술대에 눕혔다.

정필과 재영, 다혜, 옥단카, 연지 언니 연수와 윤미 모녀는 휴게실에 모여 앉거나 서서 수술이 끝나기를 기다렸다.

"정필 씨……."

그제야 비로소 정필의 모습을 본 다혜가 놀라는 표정을 지었다. 그녀는 서 있는 그를 의자에 앉혔다.

"정필 씨도 총 맞은 거예요?"

정필의 얼굴은 온통 피투성이였으며 입고 있는 파카는 너덜너덜해졌고 청바지도 여기저기 찢어진 모습이라서 다혜 눈에는 그가 총에 맞은 것처럼 보였다.

아까 인민군들이 소총을 난사할 때 정필이 얼음 위를 굴렀는데 그때 총격에 의해서 날카로운 얼음 조각들이 튀어 얼굴에 꽂히거나 스쳤던 것이다.

무차별 쏴대는 소나기 같은 총탄 세례를 정필이 눈으로 보면서 피한 게 아니다.

그는 살기 위해서 무작정 굴렀으며 그 과정에 얼음 조각들이 얼굴에 튀었다.

비록 얼굴이 피투성이가 됐지만 그는 죽지 않았으며 총상을 입지도 않았으니까 운이 좋았던 것이다.

"피를 닦아야겠어요."

다혜가 수건에 물을 적셔 와서 정필의 얼굴을 닦으려고 하는데 재영이 중얼거렸다.

"그렇게 하면 상처가 감염될 텐데……."

다혜는 멈칫하고는 재영을 쳐다보았다.

"그럼 어떻게 해요?"

그때 수술실 문이 열리고 간호사 복장이 피범벅이 된 경미가 나왔다.

"수술이 길어질 테니까 말임다. 다들 집에 가서 쉬시고 전화하면 오람다."

경미는 정필 얼굴을 보고 깜짝 놀랐다.

"앙이, 얼굴이 왜 그럼까?"

그녀는 잠깐 기다리라면서 진찰실로 가더니 잠시 후에 소독약과 거즈 따위를 갖고 왔다.

다혜가 일어나자 그녀는 정필 앞에 앉아서 거즈에 소독약을 묻혀서 조심스럽게 상처를 닦아냈다.

"정필 오라바이, 미안함다."

경미는 치료를 하면서 정필과 눈을 마주치지 못했다.

"괜찮습니다."

정필이 일껏 경미를 서울 반포 집에서 숙식을 하도록 주선을 했고, 또 여동생 선희한테 경미의 취직자리를 알아보게 하는 등 여러모로 신경을 썼다.

하지만 끝내 경미는 향수병을 이기지 못하고 연길로 되돌아왔었다.

"그래도 오라바이 기대에 보답하지 못하고서리 일케 돌아온 거이 너무 못나 보여서 속상함다."

정필은 소독약이 얼굴의 상처에 묻자 몹시 따가워서 가끔씩 얼굴을 찡그렸지만 목소리는 부드러웠다.

"지난번에 강 선생님이 경미 씨가 돌아온다는 말씀을 하시면서 무척 기뻐하셨습니다."

"정필 오라바이는 어땠슴까?"

휴게실에 있는 사람들이 주시하고 있다는 사실을 아는지 모르는지 경미는 제법 용감하게 물었다.

"저 보고 싶지 않았슴까?"

그녀는 용기를 내서 그렇게 묻고는 금세 얼굴이 새빨개져서 고개를 푹 숙였다.

"경미야! 보조하다 말고 뭐 하는 거이냐?"

그때 수술실에서 강명도의 고함이 터지자 경미는 화들짝 놀라 발딱 일어나 수술실로 달려 들어갔다.

경미가 닦다가 놔둔 소독약 묻힌 거즈를 집어 정필 앞에 앉으면서 다혜가 코웃음을 쳤다.

"흥! 인기가 하늘을 찔러요. 그냥……"

"아야……"

정필은 다혜가 거칠게 상처를 소독하자 얼굴을 찡그리며 그녀의 손목을 잡았다.

"미안해요."

정필은 다혜 손에서 거즈를 뺏어 옥단카에게 내밀었다.

"옥단카, 네가 해라."

"가."

제법 짧은 한국말을 할 줄 아는 옥단카가 다혜에게 턱짓을 하자 그녀의 얼굴이 차가워졌다.

옥단카는 다혜가 비키지 않고 오도카니 앉아 있는 것을 보고 짧게 말했다.

"재영."

내기에서 옥단카에게 져서 그녀의 종이 되기로 한 재영에게 첫 번째 명령이 떨어졌다.

재영은 옥단카가 자신을 부르는 소리만 듣고도 뭘 어떻게 하라는 것인지 알아차렸다.

척!

재영이 묵묵히 다혜의 어깨를 잡았다. 그는 아무 말도 하지 않았지만 일어나서 비키라는 뜻이라는 걸 눈치 빠른 다혜가 모를 리 없다.

"놀고 있네."

다혜의 얼굴이 싸늘하게 굳어지는가 싶더니 앉아 있는 의자를 손바닥으로 살짝 짚고는 재빨리 몸을 띄워 오른발을 위로 쭉 뻗었다.

탁!

재영이 팔을 들어 얼굴을 향해 날아오는 발을 막자 그럴 줄 알았다는 듯 이번에는 어느새 다혜의 오른 주먹이 재영의 옆구리를 파고들었다.

콱!

발 공격을 막고 주춤거린 데다 워낙 빠른 공격이라서 재영은 왼쪽 옆구리에 주먹을 가격당하고 주춤 한 걸음 뒤로 물러섰다.

그 직후 발딱 일어선 다혜가 양쪽 주먹을 재영의 얼굴과 상체를 향해 속사포처럼 날렸다.

슈슈슈슉!

그러나 한 번 당했던 재영은 뒤로 물러나면서 상체를 이리저리 흔들어서 주먹을 모두 피했다.

탓!

다음에는 다혜의 몸이 둥실 허공으로 떠오르는가 싶더니 허공에서 빙글 반원을 돌면서 돌려차기로 재영의 얼굴을 후려쳤다.

제아무리 특공 무술로 다져진 재영이라고 해도 무술 합계 15단의 다혜를 이길 수는 없다.

뻐걱!

"윽!"

재영은 다혜의 발뒤꿈치를 얼굴 오른쪽 관자놀이에 명중당하고 옆으로 비틀거리며 밀려갔다.

후웅!

다혜는 발끝이 바닥에 닿자마자 용수철처럼 퉁겨 재차 재영의 얼굴과 몸통을 향해 육안으로는 보이지 않을 정도로 빠르게 두 주먹을 날렸다.

퍼퍼퍼퍼퍽!

단단한 빨간 벽돌을 가루로 만드는 다혜의 주먹이 재영의 얼굴과 가슴에 순식간에 십여 대 작렬했다. 갈비뼈가 부러지고 옆구리가 작살나는 통증이 재영의 온몸으로 찌르르 퍼져 나갔다.

그러나 어느 한 순간 다혜는 답답한 신음을 터뜨렸다.

"헉!"

재영이 다혜의 주먹질을 고스란히 맞으면서도 물러서지 않고 전진하다가 갑자기 옆으로 빠르게 돌면서 두 팔을 뻗어 그녀를 와락 끌어안은 것이다.

뚜둑…….

"끄으으……."

재영은 뒤에서 한 팔로 다혜의 목을 조르고 다른 팔로 몸통과 두 팔을 한꺼번에 조였다.

그것으로도 모자라서 왼발을 그녀의 사타구니로 집어넣어 하체를 레슬링의 코브라 트위스트 자세를 취했다. 다혜로서는 꼼짝도 하지 못하는 상태에서 재영의 조이는 힘에 온몸이 부서지는 고통에 빠졌다.

"아아아……."

"더 할 겁니까?"

"어… 어서 봐?"

"더 할 겁니까?"

재영은 조금 더 힘을 줬다.

우두둑…….

"으아아! 하… 항복!"

다혜가 비명을 지르자 재영은 그제야 그녀를 풀어주고 뒤로 성큼 물러섰다.

"으으… 이 새끼!"

"그만해요."

풀려난 다혜가 화가 머리 꼭대기까지 치밀어서 재영에게 덤비려고 할 때 정필이 조용한 목소리로 제지했다.

"항복했잖습니까?"

"……."

누구하고 싸워서 진 적이 없었으며 항복을 했던 적은 더욱 없었던 다혜는 화가 나서 얼굴이 빨개졌으면서도 더 이상 재영에게 달려들지 않았다.

강명도는 정필 일행더러 수술이 길어질 테니까 집에 갔다가 전화를 하면 다시 오라고 했으나 정필은 그냥 휴게실에서 기다리기로 했다.

그 사이에 다혜가 윤미 모녀를 엔젤하우스로 데려다주러 갔고 휴게실에는 정필과 재영, 옥단카, 연수가 남았다.

중간에 경미가 나와서 수술이 잘되고 있다고 전해주어서 모두들 한시름 놓았다.

벌써 아침 8시가 됐으며 다들 기진맥진한 얼굴로 휴게실 의자에 늘어져 있다.

"저기… 물어볼 거이 있습다."

긴 의자 정필 왼쪽에 앉아 있던 연수가 조심스럽게 정필에게 말을 걸었다.

"참말 선생님이 은주네 가족을 구했슴까?"

"그렇슴다."

정필은 오른쪽에 누워서 자신의 무릎을 베고 잠들어 있는 옥단카의 머리를 쓰다듬으며 대답했다.

"은주, 어드메 있슴까?"

정필은 그렇지 않아도 은주하고 통화한 지가 오래됐기에 전화를 해보려던 참이었다.

정필은 한국으로 국제전화를 걸었다.

뚜르르르—

연수는 정필이 귀에 대고 있는 휴대폰을 생전 처음 보기에 그것이 무엇인지 알지 못했다.

은주가 어디에 있느냐고 물었는데 그가 왜 갑자기 시커먼 막대기 같은 물건을 꺼내서 쿡쿡 누르고는 귀에 대고 있는지 모를 일이다.

저쪽에서 누군가 전화를 받았다.

"미카엘입니다. 조은주를 바꿔 주십시오."

—잠깐 기다리세요.

최정필이라는 이름은 안기부에서 몇몇 사람들만 알고 있지만 '미카엘'이라는 닉네임은 안기부와 통일부에서 모르는 사람이 없을 정도로 유명하다.

정필이 언제 어디에서든지 안기부나 통일부에 전화를 해서 '미카엘'이라는 이름을 대기만 하면 100% 도움을 받을 수 있을 것이라고 김낙현이 언질을 주었었다.

연수는 정필이 시커먼 막대기에 대고 말을 하고 또 거기에서도 무슨 모기 소리 같은 것이 앵앵거리면서 흘러나오는 게 신기하기만 했다.

—오라바이!

잠시 후에 전화를 받은 은주가 얼마나 소리를 지르는지 조용한 휴게실 안에 잔잔하게 울려 퍼졌다.

"은주야, 잘 있었니?"

—오라바이! 내래 죽는 거이 보고 싶습까? 왜 일케 전화를 앙이 하는 거야요?

"은주야."

—혹시 오라바이한테 다른 에미나이 생긴 거이 아님까?

은주는 너무 반가운 나머지 정필의 말을 들으려고도 하지 않고 자기 할 말만 쏟아냈다.

"은주야."

—흐어엉! 오라바이 바람피우면 내래 죽어버릴 거야요!

정필은 실소를 흘리면서 휴대폰을 연수에게 내밀었다.

시커먼 막대기가 전화기라는 것을 깨달은 연수는 휴대폰을 조심스럽게 두 손으로 받아서 귀에 갖다 댔다.

—으흐흑! 오라바이! 내래 오라바이 사랑하는 거이 알고 있
슴까? 어째 말이 없슴까?

"너래 은주니?"

—오라바이! 내 말이 경사집니까(우습게 들립니까)? 어째 대
답을 앙이 함까?

"은주야, 내래 연수다이……!"

—…….

"은주야, 내래 모르갔니? 무산 버들방천 옆에 사는 연수야.
싸리말 친구도 몰라보겠니?"

—옴마야……. 너래 참말 연수라는 말이니?

"그래. 나 연수다이, 은주야……."

정필은 연수가 휴대폰 속으로 들어갈 것처럼 집중하는 걸
보고는 옥단카를 의자에 잘 눕혀놓고 담배나 한 대 피우러 일
어섰다.

평화의원 난간에 나란히 서서 담배를 피우는 정필과 재영
은 한동안 말이 없었다.

두 사람이 서 있는 아래쪽 도로에는 차량들과 사람들이 바
쁘게 오가고 있다.

"별일 없겠냐?"

담배 한 개비를 다 피워갈 때쯤 재영이 잿빛 도로를 굽어보

면서 물었다.

"모르겠습니다. 김낙현 씨에게 물어봐야죠."

재영은 아까 새벽에 두만강에서 벌어진 총격전에 대해서 물은 것이고 정필은 즉각 알아들었다.

"북측에서 인민군 시체에 박힌 총알을 감식하면 뭐 켕기는 거 없냐?"

"제 건 체코제 cz—75인데 연길에 파견 나와 있는 북한 보위부 상위에게서 뺏은 겁니다."

"보위부 상위?"

재영은 놀라는 얼굴로 정필을 쳐다보았다.

"야, 최정필, 너 내가 모르고 있는 게 도대체 얼마나 더 있는 거야?"

정필을 빙그레 미소 지으며 화제를 바꿨다.

"저는 cz—75고 다혜 씨는 EAA탄포글리오를 사용하는데 북측에서는 발사된 총기류를 알아낼 만큼의 감식 수준이 없는 것으로 알고 있습니다."

"그래? 그럼 총알은?"

"둘 다 9㎜ 파라블럼탄을 쓰는데 세탁한 겁니다."

"어떻게?"

"총알은 김낙현 씨가 구해주는데 안기부 것이 아니고 중국 현지에서 구한 것입니다."

재영은 고개를 끄덕이며 정필의 어깨를 두드렸다.

"용의주도하구나. 가르친 보람이 있다."

김길우네 집은 정오가 훨씬 넘은 시간인데도 빈집처럼 매우 조용했다.

정필 일행이 오전 10시 넘어서 우르르 몰려 들어오더니 알아서 이 방 저 방으로 흩어져 들어가서는 아직까지 자고 있는 중이다.

김길우네 집은 큰 방이 두 개, 중간 방이 두 개, 작은 방이 하나인데, 큰 방은 정필과 옥단카, 집주인인 김길우와 재영이 쓰고, 중간 방 하나는 다혜 혼자, 또 하나는 송이와 우승희가, 그리고 작은 방은 소영이 사용하기로 했다.

웅웅웅—

침대 머리맡 작은 서랍장 위에 진동으로 놔둔 정필의 휴대폰이 울렸다.

"음······."

정필은 팔을 뻗어 휴대폰을 받았다.

"웨이."

이제는 잠결에도 중국 말이 흘러나간다.

—링디.

"아……."

정필은 정신이 번쩍 들어 상체를 일으켰다.

"따거……!"

정필을 '링디' 즉, '아우님'이라고 부를 사람은 길림성 당서기인 위엔씬 한 사람뿐이다. 정말 오랜만에 그리고 예상하지 않았던 전화다.

—하오추마(잘 지내나)?

"하오추, 하오추. 꾸이티안캉마(기체 만강하십니까)?"

정필은 짧은 중국어로 급히 인사를 했다.

—링디.

"따거, 치만(잠깐 기다려요)."

정필은 팬티 바람에 방문을 박차고 나가 곧장 다혜 방으로 달려갔다.

주방에서 소영이 음식 만드는 것을 돕다가 거실로 나오던 우승희는 자신을 향해 돌진해 오고 있는 정필을 발견하고 움찔 놀랐다.

폭풍군단 벼락여단 출신인 우승희지만 지금 같은 상황에서는 어쩔 재간이 없다. 정필은 이미 1m까지 접근해서 대시하고 있는 중이다.

쿵!

"왁!"

"앗!"

정필은 마치 아이스하키 선수가 강력한 보디체크를 하듯 우승희의 옆구리를 들이받았다.

그러고는 두 사람이 한 덩이가 되어 허공을 수평으로 붕 날았다가 정필이 우승희를 깔아뭉갠 자세가 되어 바닥에 거세게 떨어졌다.

쿵!

"흐윽……!"

정필이 우승희 위에 엎드린 상태로 두 사람은 앞으로 빠르게 죽 밀려갔다.

온몸으로 묵직한 중압감을 느끼는 우승희가 몸부림치듯이 정필의 얼굴로 주먹을 휘둘렀다.

"이 쌍간나……."

쿵!

그러나 우승희는 벽에 머리를 세게 부딪치고는 그대로 기절해 버렸다.

"승희 씨!"

정필이 엎드려 있던 우승희 몸에서 일어나며 급히 불렀으나 그녀는 이미 의식을 잃었다.

위엔씬이 불쑥 전화를 건 이유는 오늘 저녁에 그의 부인 메이리와 딸 위엔링링(元玲玲)이 유람차 연길에 도착한다는 것이다.

메이리는 올해 28살이며 아직 자식이 없다. 위엔링링은 위엔씬의 죽은 전처가 낳은 딸이다.

"어떻게 하죠?"

위엔씬의 전화를 받고 통역을 위해서 다혜에게 달려가던 정필과 우승희가 부딪치면서 벌어진 소란 때문에 곤히 자던 사람들이 다 깨어나 거실에 모였다.

"메이리 모녀가 우리 집에 머물겠다잖아요."

다혜가 연이어서 정필에게 물었다. '우리 집'이라는 것은 바로 이곳 김길우네 집이다.

현재 여기는 꽉 찼는데 모녀가 오면 재울 방이 없다. 아니, 그것도 그렇지만 당서기의 부인과 딸을 사람들이 우글거리는 이런 곳에서 묵게 할 수는 없는 일이다.

더구나 바로 위층은 엔젤하우스인데 그걸 드러내서는 안 된다.

"호텔은 어떠냐?"

"호텔은 싫다면서 정필 씨하고 같이 지내고 싶다잖아요!"

재영의 말에 다혜가 발끈해서 언성을 높였다. 아까 평화의 원에서 재영에게 호되게 당하고 나서 다혜는 심기가 많이 불편해졌다.

특히 재영을 쳐다보는 눈에서는 지옥의 불길이 활활 뿜어지는 것 같다.

아까 정필하고 부딪친 우승희는 송이와 함께 쓰는 자신의 방 침대에 누워 있지만 아무도 그녀를 신경 쓰지 않았다. 지금은 그럴 정신이 없다.

소영은 이 자리에 끼지도 못하고 주방과 거실 경계에 서서 행주치마에 젖은 손만 닦고 있다.

정필과 재영 등은 오늘 새벽에 두만강 무산에서 북한 인민군들과 한바탕 치열한 전투를 벌이고 그중 6명이나 죽이고 왔다.

그래서 그 일로 인해서 어떤 상황이 벌어졌을지 혹시 후폭풍 같은 것은 일어나지 않는지 촉각이 곤두서 있다.

김낙현은 정필이 전화를 하지 않으면 여간해서는 전화를 하지 않는 편이다.

어찌 보면 그는 과묵함과 대범함의 정점에 서 있는 인물이라고 할 수 있다.

그렇다고 정필로서는 메이리와 딸 위엔링링을 소홀하게 대할 수는 없다.

"터터우, 이러면 어카갔슴까?"

처음부터 줄곧 침묵을 지키고 있던 김길우가 처음으로 입을 열었다.

"말씀해 보세요."

김길우는 조심스럽게 말했다.

"새로 이사 간 영실 씨 집은 어떻습가?"

정필의 얼굴이 환해지면서 반색했다.

"거 좋습니다. 훌륭합니다."

정필은 당장 삼천리강산의 영실에게 전화를 하면서 김길우에게 엄지손가락을 치켜세웠다.

"길우 씨 덕분에 살았습니다. 왜 그걸 생각 못 했는지 모르겠군요."

김길우는 으쓱해졌다.

영실은 얼마 전에 부르하통하강 언덕에 3층짜리 커다란 호화 주택을 사서 그곳에서 생활하고 있으므로 거기에 메이리 모녀를 묵게 하면 안성맞춤이다.

부웅―

흑천상사 옆문으로 SUV 한 대와 벤츠 S600 한 대가 빠져나갔다.

SUV는 김길우가 벤츠는 다혜가 운전하고 있는데 연길공항에 메이리 모녀를 마중하러 가는 길이다.

골목에서 도로에 내려서자 바로 흑천상사 1층 외제 중고차 쇼룸이 길게 이어졌다.

예전에는 쇼룸이 중간에 달랑 하나였는데 지금은 1층 전체를 다 터서 한꺼번에 50대 정도의 차를 전시할 수가 있게 되었다.

각각의 쇼룸에는 외제 중고차를 사려는 사람들이 가득 들어차서 차를 구경하거나 직원들과 상담을 하고 있는 등 분주했다.

현재 흑천상사는 부장인 서동원이 전담하고 있으며 그 아래 이범택, 노장훈, 안지환이 각 쇼룸을 담당하는데, 그 아래로 직원을 10여 명씩 거느리고 있다. 그래서 흑천상사 전체 직원은 40명쯤 된다.

직원들은 출퇴근을 하며 연길에서 가장 좋다는 직장보다 월급이 두 배 이상이고, 근무 환경이나 처우도 좋아서 흑천상사에 입사하려는 경쟁률이 장난 아니다.

정필 일행의 차는 연길공항으로 달리다가 사거리에서 신호 대기에 잠시 정지했다.

그때 벤츠를 운전하는 다혜가 무심코 오른쪽 창밖을 보다가 횡단보도에 권보영이 서 있는 모습을 발견하고 반가운 표정을 지으면서 조수석 쪽 창문을 내렸다.

정필은 조수석 밖을 쳐다보다가 불과 3m 거리에 선글라스를 낀 권보영이 서 있는 것을 발견하고 움찔했다.

"여정아!"

기잉!

다혜가 반갑게 권보영을 부를 때 정필은 급히 조수석 의자를 뒤로 젖혀 누우면서 낮게 외쳤다.

"어서 창문 올려요!"

"왜요?"

다혜는 시트를 완전히 눕히고 거의 누워 있는 다급한 표정의 정필과 저만치에서 이쪽을 쳐다보고 있는 권보영을 번갈아 쳐다보았다.

눈치하면 백 단인 다혜다. 그녀는 정필이 몸을 숨긴 것이 권보영 때문일 것이라고 판단했다.

그녀가 조수석 창문을 올리려는데 마침 권보영이 역시 선글라스를 끼고 있는 다혜를 발견하고는 반가운 표정을 지으며 다가왔다.

다혜가 조수석 창문을 올리려는데 때마침 직진 신호가 떨어졌다. 그녀는 조수석 창 앞까지 거의 다가온 권보영에게 손을 들어보이고는 급출발을 했다.

우우웅—

누워 있던 정필은 권보영의 얼굴을 아주 잠깐 봤지만 그녀가 정필을 봤을지는 알 수가 없다.

정필은 권보영의 존재를 알고 있고 그녀는 몰랐었기 때문에 못 봤을 수도 있다. 봤다고 해도 정필을 알아보지 못했을 가능성이 크다.

기이…….

정필이 시트를 원상 복구하는데 다혜가 쳐다보며 물었다.

"왜 그래요?"

"다혜 씨, 권보영이라는 이름 들어봤습니까?"

"알죠. 연길에 파견 나와 있다는 북한 보위부 상위, 밥 맛 없는 년."

"방금 그 여자입니다."

"……."

다혜는 얼마나 놀랐는지 자기도 모르게 급브레이크를 밟았다가 뒤의 차들이 경적을 울리며 난리를 치자 다시 엑셀을 밟아 출발했다.

"정말이에요?"

그렇게 묻는 다혜의 얼굴에 방금 정필이 한 말이 사실이 아니기를 바라는 표정이 역력했다.

"내가 농담하는 거 봤습니까?"

다혜는 정필이 농담하는 걸 한 번도 본 적이 없다. 그렇다면 이건 진담이다.

탁탁탁!

"이런 빌어먹을!"

열이 뻗친 다혜가 손바닥으로 핸들을 두드리면서 욕설을

내뱉었다.

"그럼 저년이 나한테 사기를 친 거란 말이에요? 자기 이름이 윤여정이라고 그랬단 말이에요!"

뒷자리에 앉은 옥단카는 지금이 어떤 상황인지 모르고 단지 분위기가 험악해지자 다혜가 정필을 공격할 것 같은 느낌이 들어서 바짝 긴장하고 있다.

다혜는 정필이 아무 말이 없자 연신 핸들을 두드리면서 성질을 부렸다.

"말해 봐요! 정필 씨! 저년이 나한테 접근하려고 수작을 부린 거냐고요!"

"다혜 씨, 내가 베트남, 라오스에 가 있는 동안 권보영을 만났습니까?"

"서너 번 만나서 술 마셨어요."

정필이 담배를 꺼내서 입에 무는 걸 보고 라이터 켜는 시간도 아깝다는 듯 다혜가 시거잭을 켜서 발갛게 달구어진 것을 불쑥 내밀었다.

"우린 그냥 술 마시면서 시시콜콜한 잡담만 나눴어요. 저년은 나한테 끝까지 조선족이라고 속였고 나도 사업하러 여기에 왔다고 그랬어요."

"흑천상사 얘기 했습니까?"

다혜가 정필을 흘겼다.

"미쳤어요?"

평소였다면 잡아먹을 것처럼 정필을 쏘아붙였겠지만 지금은 자신이 지은 죄가 있어서 약간은 여성스럽게 눈으로만 흘기는 다혜다. 이럴 때는 그녀도 천상 여자다.

정필 생각에 권보영이 일부러 다혜에게 접근하려고 수작을 부렸을 거 같지는 않았다.

그때 정필은 다혜와 삼천리강산 개업식에 갔다가 우연히 권보영하고 마주쳤었다.

그래서 다혜와 권보영이 시비가 붙었고 한바탕 싸우고 나서는 친구하자면서 둘이 삼천리강산에서 술까지 마셨고, 그래서 더 친해졌다고 그랬었다.

하지만 정필은 권보영에 대해서 자세하게는 모른다. 그녀처럼 살벌한 여자가 낯선 여자하고 한바탕 싸우고 나서 즉시 의기투합(意氣投合)해서 진탕 술 마시고 둘이 친구가 됐다는 것은 정필이 알고 있는 바로는 전혀 권보영답지 않은 행동이다.

"저년이 나한테 수작을 부린 거냐고 묻잖아요?"

정필은 재떨이에 담배를 눌러 껐다.

"솔직히 나도 잘 모르겠습니다."

다혜의 얼굴이 착잡해졌다.

"정필 씨가 모르면 어떻게 해요?"

"너무 오래 연길을 떠나 있었습니다. 그동안 권보영의 행적이 어땠는지 알아봐야겠습니다."

"아… 정말!"

다혜는 돌아버릴 것 같은 표정이다.

"왜 진작 저년이 권보영이라고 말해주지 않은 거예요?"

"말할 기회가 없었습니다."

"무슨 말도 안 되는……."

"다혜 씨가 권보영하고 처음 만난 날 고주망태가 돼서 집에 들어왔었습니다."

"……."

"그리고 집에서 식구들하고 또 마셨고, 다음 날 새벽에 나는 곤명으로 떠났습니다."

다혜는 입이 열 개라도 할 말이 없다. 그날 그녀는 술이 떡이 돼서 다음 날 대낮이 돼서야 간신히 눈을 떴고 정필이 떠났다는 사실을 알았었다.

다혜는 뭔가 알 수 없는 불길함이 엄습하는 것을 느꼈다. 이제부터 좋지 않은 일이 벌어진다면 그게 다 자기 때문일 거라는 생각이 들었다.

우우웅…….

정필의 품속에서 휴대폰이 진동을 했다.

"웨이."

—나다. 3시 방향 봐라.

재영이다. 정필은 재빨리 오른쪽 창문 밖을 쳐다보다가 움찔 놀랐다.

점퍼 차림의 사내 두 명이 각각 바닥에 쓰러져 있는 두 여자를 발길질로 걷어차고 있었다.

정필은 그걸 보는 순간 사내들은 사복을 입은 북한 보위부 요원이고 두 여자는 탈북녀라는 것을 간파했다.

두 사내는 한눈에 보기에도 건달 같지는 않았다. 키가 크고 약간 마른 듯한 체격에 눈이 매섭고 양쪽 뺨이 움푹 들어간 강퍅한 인상이다.

저런 체격에 저런 인상을 가진 사내들이 길거리에서 한눈에도 탈북녀로 보이는 여자들을 거리낌 없이 구타하고 있다면 그건 100% 북한 보위부 요원이 분명하다.

"팀장님은 그냥 계십시오."

정필은 휴대폰을 시트에 내던지면서 다혜더러 차를 도로 가장자리에 대라고 말하려는데, 이미 차는 가장자리에 정지하고 있었다. 다혜도 정필과 같은 것을 보고 같은 생각을 한 것이다.

처척!

정필과 다혜가 차 문을 열고 벼락같이 달려 나가고, 한 박
자 늦게 옥단카도 튀어나갔다.

때리는 것을 멈춘 두 사내는 피투성이가 되어 길바닥에
엎어져 있는 여자들의 머리채를 움켜잡은 채 일으키고 있었
다.

정필과 다혜는 탈북녀들이 길거리에서 두들겨 맞는 광경을
보고 이미 반쯤 이성을 잃은 상태다.

두 사람은 곧장 두 사내에게 달려들며 발길질로 턱과 옆구
리를 가격했다.

퍽! 퍽!

"허윽!"

"끅!"

뒤로 넘어가는 두 사내에게 정필과 다혜가 덮쳐들어 주먹
과 발길질로 아예 피떡으로 만들었다.

불과 1분 만에 두 사람은 북한 보위부 요원이라고 확신하는
두 사내를 인사불성 상태로 만들어놓고 돌아섰다.

"쌍노무 새끼들, 누굴……."

다혜는 손을 털며 돌아서다가 움찔 놀랐다.

옥단카가 자신의 초승달처럼 구부러진 단검을 오른손에 쥐
고 쓰러져 있는 두 사내 중 한 사내의 목을 자르려 하고 있는
걸 발견한 것이다.

"옥단카! 안 돼!"

정필의 말에 옥단카는 못내 아쉽다는 표정을 지으며 단검을 거두고 일어섰다.

정필과 다혜는 쓰러진 채 일어나려고 안간힘을 쓰고 있는 두 여자를 부축해서 일으켰다.

"괜찮습니까?"

"아아……."

두 여자는 입술과 뺨, 눈 가장자리가 찢어지고 부은 형편없는 몰골인데 공포에 질린 표정만 가득 떠올린 채 아무 말도 하지 않았다.

"이제 괜찮습니다. 안심하십시오. 아무도 당신들을 해치지 못할 겁니다."

정필은 여자들을 안심시키며 벤츠 뒷자리에 태웠고 여자들은 반항을 하지 않고 그가 이끄는 대로 차에 탔다.

여자들은 반항할 힘도 없을뿐더러 이런 곳에서 반항한들 무슨 소용이 있겠는가 싶어서 자포자기한 심정이다.

삐이익! 삑삑!

정필이 조수석에 타려 하고, 다혜가 운전석으로 가는데 저쪽에서 호루라기 소리가 나면서 중국 공안 두 명이 달려오는 게 보였다.

일이 이렇게 된 이상 길림성 당서기 특수 보좌관 신분증을 보여줄 수밖에 없다고 정필은 생각했다.

그런데 가까이 다가온 공안 두 명이 갑자기 부동자세를 취하더니 정필에게 경례를 붙였다.

척!

"두이부치(죄송합니다)!"

정필은 이들이 자신의 얼굴을 알아본 것이라고 생각했다. 즉, 정필이 연길공안국장과 매우 친하다는 사실을 알고 있는 것이다.

정필은 고개를 끄떡이고는 벤츠에 탔다. 벤츠가 출발할 때 백미러로 보니까 공안들이 벤츠를 향해 거수경례를 붙이고 있다.

정필은 즉시 서동원에게 전화를 해서 연길공항으로 차를 보내라고 지시했다.

그러고 나서 뒤돌아보며 여자들에게 물었다.

"북조선에서 왔습니까?"

그러나 여자들은 서로 꼭 안은 채 정필의 눈치만 살필 뿐 아무 말도 하지 않았다.

"아까 그자들 보위부입니까?"

"네……."

한 여자가 용기를 내서 겨우 대답했다.

"어쩌다가 붙잡힌 겁니까?"

여자들이 대답을 하기도 전에 다혜가 발칵 화를 내며 소리질렀다.

"보면 몰라요? 배고파서 먹을 것 구하려고 두만강 도강해서 연길에 왔다가 재수 없게 그놈들에게 붙잡힌 거지."

그 정도는 정필도 짐작하고 있다. 다혜는 여자들 역성을 들어줘서 그녀들 마음을 풀어주려는 의도다.

"하다 하다가 안 되니까 이제는 북조선 보위부 놈들이 중국까지 와서 북조선 사람들을 잡아가고 있잖아요! 굶어서 죽어가는 자기네 인민들한테 배급도 제대로 주지 못하는 주제에 도강하는 사람들을 마구 쏴 죽이고 대못에 찔려서 피 철철 흘리게 만들고."

다혜는 말을 하다가 자기 말에 더 열이 뻗쳤다.

"지금 도문변방대 감옥에 가봐요! 중국 동북삼성에서 붙잡힌 북한 사람들이 미어터져요! 그 사람들 예전에는 한 달에 한 번씩 북한으로 이송했었는데 지금은 열흘에 한 번 꼴이래요!"

다혜는 손바닥으로 핸들을 탁탁! 치며 성질을 냈다.

"그렇게 해서 북조선으로 끌려갔다가 교화소나 단련대에서 나오면 그 사람들 또 기를 쓰고 도강해서 중국에 넘어올 거예요! 먹을 걸 구해야지만 자기들도 가족들도 굶어죽지 않을 거잖아요! 에이!"

다혜 말을 듣고 보니까 정필은 뒷자리의 여자들에게 괜한 걸 물어봤다는 생각이 들었다.

다혜 말마따나 탈북해서 넘어온 북한 사람 사정이야 뻔할 텐데 그걸 물어봐서 뭐하겠는가.

다혜가 룸미러로 여자들을 보면서 부드러운 목소리로 달래 듯이 말했다.

"걱정하지 말아요. 우리가 당신들 치료해 주고 편하게 지내게 해줄 테니까요."

여자들은 찢어지고 터지고 멍든 처참한 얼굴로 다혜를 바라보았다.

"정말임까?"

"연길에는 북한 사람들에게 아주 잘해주는 남자가 한 사람 있어요."

"북조선에서 들었슴다."

그런데 두 여자가 반색을 하며 말했다.

"뭘 들어요?"

"연길에 가면 꼭 검은 천사를 만나라고… 그분을 만나면 소원이 이루어질 거라는 소문이 청진에 파다함다."

"세상에……."

검은 천사에 대한 소문이 함경북도 무산읍에서 100km 이상 떨어진 동해안의 대도시 청진시까지 퍼져 있다니 다혜는 물론 정필에게도 놀라운 일이다.

"청진에서 왔어요?"

"네……."

"멀리서 왔네."

다혜가 정필에게 주문했다.

"정필 씨, 뒤돌아보세요."

정필은 다혜가 왜 그러는지 모르지만 어쨌든 여자들을 돌아보았다.

"잘 보세요. 이 사람이 바로 검은 천사 미카엘이에요."

"옴마야……?"

"저… 정말임까? 검은 천사가 미카엘이라는 이름을 쓴다는 것도 들었슴다……!"

여자들은 자지러질 듯이 질겁했다.

"선글라스 벗어요."

다혜의 두 번째 주문에 정필은 고분고분 선글라스를 벗었다.

날카로운 얼음 조각들 때문에 얼굴 전체에 자잘한 상처가 많았지만 원판 그대로 잘생긴 얼굴이 드러났다.

"원래는 이것보다 조금 더 잘생겼는데 오늘 새벽에 두만강에서 인민군들하고 한바탕하느라고 이 꼴이 됐어요. 그래도 그 덕분에 두만강 도강하는 에미나이 4명 구했어요."

"아아… 이분이 바로……."

"알아보겠어요?"

두 여자들은 정필의 얼굴에서 시선을 떼지 못했다.

"소문에는 말임다. 검은 천사가 공화국 인민배우 리영호보다 잘생겼다고 하더이만 참말임다."

얼굴이 묵사발된 여자 둘이서 얼굴이 깨곰보처럼 피딱지가 다닥다닥한 정필을 보고 가슴을 설레고 있다.

정필 일행이 연길공항 주차장에서 5분쯤 기다리자 서동원이 차를 몰고 도착했다.

정필은 탈북녀 둘을 서동원 차에 태우고 말했다.

"형수님께 인계하세요."

"알겠습니다."

서동원은 공손히 인사를 하고는 차를 몰고 떠났다.

김길우네 집과 같은 2층에 사는 서동원의 부인 이순덕은 성격이 온순하고 붙임성이 좋은 데다 하도 잘 웃어서 별명이 방실이다.

현재 엔젤하우스는 방실이가 관리하고 있는 상황이다. 따로 월급이나 수고비를 주는 것도 아닌데 그녀는 열성적으로 탈북자들을 돌보고 있다.

연길 차오양촨(朝陽川)공항 출구에 정필 일행이 서서 메이리 모녀를 기다렸다.

정필이 옆에 선 김길우에게 넌지시 말했다.

"길우 씨, 굿을 할 수 있겠습니까?"

김길우는 깜짝 놀랐다.

"무당이 하는 굿 말임까?"

"그렇습니다."

"그런데 어떤 종류의 굿인지……."

정필은 의아한 표정을 지었다.

"굿도 종류가 있습니까?"

김길우는 그런 방면에 대해서는 잘 알고 있는 듯했다.

"귀신을 쫓는다든지, 복을 부르는 거이라든지, 혼을 달래거나 부르는 거이 종류가 아조 많슴다."

정필은 은애를 위해서 굿을 해줄 생각이다. 지난번 김길우네 집에서 술을 마실 때 소영이 북한 두만강에서 죽은 딸의 영혼을 달래는 굿을 하는 광경을 봤다는 얘길 들었을 때부터 줄곧 은애의 혼을 달래는 굿을 해주고 싶었다.

"혼을 달래고 부르는 겁니다."

김길우는 고개를 끄떡였다.

"준비하갔슴다. 구체적인 것은 터터우께서 무당에게 직접 말씀하시면 됩다."

"부탁합니다."

처음에는 은애의 영혼을 달래는 굿을 하려고 했는데 얼마 전에 정필의 꿈에 은애가 나타난 이후 그녀의 혼을 불러야겠다는 생각이 더해졌다.

재영이 정필을 보면서 쓸쓸하게 중얼거렸다.

"탈북자들을 연길공항에서 김포공항으로 직접 보낼 수 있으면 좋을 텐데 그런 방법은 없겠냐?"

정필도 그런 생각을 해봤었지만 그의 인맥과 자금을 총동원한다고 해도 그건 불가능했다. 연길공항에는 국제선을 한 편도 취항하지 않았다.

그때 출구가 열리고 사람들이 나오기 시작했다.

위엔씬의 말로는 연길이 시끄러워질까 봐 메이리 모녀를 조용히 보낸다고 했었다.

즉, 길림성 당서기의 부인과 딸이 연길에 온다는 사실이 알려지면 이곳 관리들이 난리를 피울까 봐 정필에게만 알렸다는 얘기다.

또한 평범한 모습으로 보낸다고 했는데 과연 어떤 모습일지 기대가 됐다.

"저기 나오심다."

김길우가 가리키는 곳에 메이리와 젊은 아가씨가 나란히 여행용 캐리어를 끌면서 나오고 있다.

그런데 굳이 김길우가 가리키지 않더라도 정필 일행은 물론
이고 그곳에 마중을 나와 있던 거의 대부분 사람의 시선이 일
제히 메이리 모녀에게 집중되어 있었다.

그도 그럴 것이, 최고급 밍크 롱 코트에 머리에는 역시 밍
크 모자를 썼으며, 거기에 선글라스까지 척 걸친 데다 늘씬한
키에 서구적인 아름다운 미모를 갖춘 메이리였으므로 사람들
의 시선을 끌지 않으려야 않을 수가 없다.

다혜가 어이없는 표정을 지었다.

"정말 평범한 모습이로군."

정필이 미소 지으면서 메이리에게 다가갔다.

"하오지우부지안러(오래간만입니다)."

메이리가 환하게 웃으면서 정필에게 안겨왔다.

"정필! 니씨앙쓰(당신 보고 싶어서 죽는 줄 알았어요)!"

메이리는 마치 몇 년 동안 만나지 못한 남편이나 연인하고
상봉한 것처럼 정필의 품에 와락 안겨서 뺨을 비볐다.

그러다가 그녀는 정필의 얼굴이 이상한 걸 발견하고 두 손
으로 그의 얼굴을 만지면서 놀랐다.

"얼굴이 왜 이래요?"

중국 말이 서툰 정필이라서 메이리는 영어로 물었다.

"별것 아닙니다."

"아유~ 잘생긴 얼굴에 이게 뭐예요?"

메이리는 조심스럽게 정필의 얼굴을 만지면서 걱정스러운 표정을 지었다.

"아파요?"

"아프지 않습니다."

두 사람의 그런 광경은 누가 보면 정말 부부로 오해하기 딱 알맞았다.

장춘에서 메이리와 즐거운 시간을 보냈던 김길우와 다혜가 미소 지으며 인사를 하고 나서야 메이리는 정신을 차리고 딸 위엔링링을 소개했다.

"정필, 우리 딸 링링이에요."

링링이 얌전하게 고개를 숙였다.

"처음 뵙겠습니다. 링링이에요."

그런데 놀랍게도 그녀는 정확한 발음의 한국말을 구사했다.

"대학 때 제일 친한 친구가 한국인이었어요. 그래서 그녀와 더 친해지려고 대학 4년 동안 한국어를 배웠지요."

4년 배운 한국어치고는 수준급이다.

"반갑습니다."

정필이 악수를 하려고 손을 내밀자 링링이 배시시 웃으며 한 걸음 다가섰다.

"저도 안아주세요, 삼촌."

정필이 위엔씬의 의동생이니까 링링에겐 삼촌이 맞다. 하지만 정필은 23살짜리 조카한테 삼촌이라는 호칭을 들으니까 어색했다.

"어……."

정필이 어정쩡하고 있을 때 링링이 그의 품으로 파고들었다.

그녀는 두 팔로 정필의 허리를 꼭 안고 가슴에 뺨을 묻으며 속삭였다.

"만나고 싶었어요, 미남 삼촌."

메이리하고는 달리 단정한 옷차림이어서 몰랐는데 막상 품에 안기니까 링링의 풍만한 유방이 물컹! 하고 정필의 복부를 짓눌렀다.

김길우가 메이리 모녀의 캐리어를 받아서 끌고, 두 여자는 정필의 양쪽에서 팔짱을 끼고 걸어갔다.

뒤따르는 재영은 그 모습을 보면서 고개를 갸웃거렸다.

"한국에서는 정필이 쟤 여자들한테 인기 없었는데……."

"한국 어디에서요?"

옆에서 걷다가 우연히 그 말을 들은 다혜가 물었다.

"군대에서……."

"707특임대였다면서요? 거기 여자 있었어요?"

"아니……."

"재영 씨, 지금 정필 씨 질투하는 거죠?"

"질투는 무슨."

재영은 가슴이 뜨끔했다.

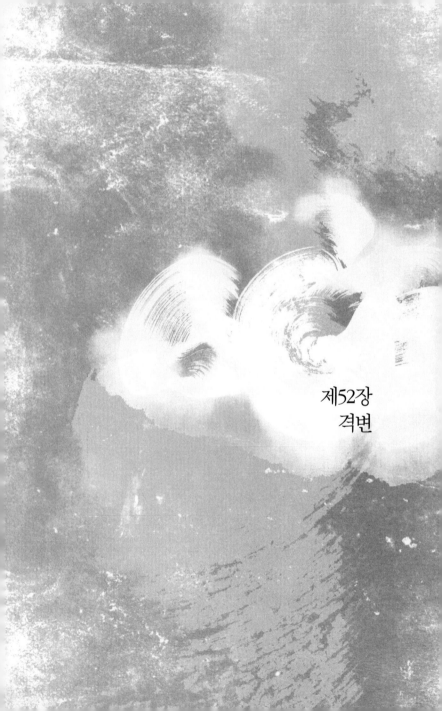

제52장
격변

"종간나새끼……."

우승희는 침대에 누운 채 이를 바드득 갈았다.

그녀는 아까 정필하고 세게 부딪치는 바람에 허리와 목을 다쳐서 침대에 누워 있는 신세가 되었다.

평화의원 강명도가 왕진을 다녀갔는데 골절은 아니고 뼈가 놀랐으니까 보름 정도는 누워 있어야 된다고 말했다.

우승희는 생각할수록 약이 올랐다. 그녀는 폭풍군단에서 파견한 암살조의 조장으로서 검은 천사에게 접근하여 그를 제압하여 회유하거나 그것이 여의치 않을 경우에는 암살하는 임무를 띠고 있다.

그런데 어찌어찌해서 운 좋게 검은 천사에게 접근하는 데까지는 성공했다.

처음에 그녀가 인신매매단에게 잡혀 있는 것처럼 꾸며서 검은 천사에게 구해져 그가 살고 있는 집으로 들어가게 되었을 때 이번 임무는 너무 쉽게 달성하게 될 것 같은 기분이 들었었다.

그랬는데 그때부터 일이 꼬이기 시작했다. 검은 천사가 갑자기 어디론가 말도 없이 훌쩍 떠나더니 그로부터 17일 만인 어제 돌아왔다.

벼르고 벼르던 우승희는 이제야 말로 속전속결 검은 천사를 제압하기로 마음먹었다.

그런데 검은 천사는 집으로 돌아온 바로 그날 밤에 또 어디론가 사라졌다가 다음 날 아침이 돼서야 극도로 지친 파김치의 모습으로 돌아왔다.

우승희는 검은 천사가 또다시 사라지기 전에 제압하기로 결심하고는 자기 방에서 곤히 자고 있는 그에게 가려고 주방을 나왔다.

그녀는 권총이나 칼 따위 무기는 일체 지니고 있지 않았다. 그런 것은 간수하기도 어려울뿐더러 갖고 있다가 들키면 뭐라고 변명을 할 수도 없다.

그래서 그녀는 아주 특별한 무기를 갖고 있다. 그거만 있으면 그녀는 검은 천사를 죽일 수도 있고 몸뚱이만 제압하고 정신은 말짱한 상태로 유지시킬 수도 있다.

질질 끌 필요 없이 바로 오늘 지금 이 순간 검은 천사를 제압하자고 결심한 그녀가 그의 방으로 가려고 주방을 막 나선 순간, 하필이면 바로 그 검은 천사가 무지막지하게 온몸으로 부딪치면서 공격을 해온 것이다.

그때 우승희의 뇌리로 번개같이 스치고 지나간 생각이 '아! 발각됐구나. 다 틀렸다'라는 것이었다. 그래서 검은 천사가 느닷없이 습격을 한 것이라고 생각했었다.

그녀는 검은 천사가 자신의 몸을 짓누른 상태에서 복도 바닥을 미끄러져가고 있을 때 반격을 하려고 했었다.

폭풍군단에서 7년 동안 군 생활을 하면서 살인 수법 수십 개와 맨손 격투기로 몸을 강철처럼 단단하게 만든 그녀지만 그런 급습에는 속수무책이었다.

품속에 감춰둔 특별한 무기를 꺼낼 겨를이 없어서 그저 맨주먹으로 그자의 턱을 갈기려고 했다. 그러면서 '종간나새끼'인지 '쌍간나새끼'인지 뭐라고 욕을 한 기억이 어렴풋하게 났다.

그리고는 기억이 끊어졌다. 아까 2시간 전쯤에 깨어나니까 그녀는 자기 방 침대에 누워 있고 그 옆에 소영이 앉아서 걱정스러운 표정을 짓고 있었다.

"주인님이 말이야. 승희 너한테 정말 미안하다고 꼭 전해 달라더라."

소영은 검은 천사를 꼭 주인님이라고 불렀다.

"언니……."

"너래 주방에서 갑자기 나올 줄을 몰랐다면서 참말로 많이 미안해 하셨다이."

그래서 우승희는 자신의 정체가 탄로 나서 검은 천사가 습격을 한 게 아니라는 사실을 알게 되었다.

어쨌든 검은 천사는 또 외출 중이며 언제 돌아올는지 아무도 모른다.

그리고 우승희는 허리와 목을 다쳐서 꼼짝도 하지 못하고 누워 있는 신세가 되었다.

"종간나새끼, 회유고, 뭐이고 이번에는 반드시 죽여 버리고야 말갔어."

우승희는 벌써 그 말만 10번도 넘게 독백처럼 중얼거리고 있는 중이다.

연길공항을 출발한 정필은 메이리 모녀를 데리고 삼천리강산으로 갔다.

정필에게 미리 연락을 받은 영실은 3층 특 3호실에 한 상

거하게 한식을 차려 내왔다.

"형수님, 이분은 제 누님 같으신 분이고 또 이곳 삼천리강산의 사장님입니다."

메이리는 일어나서 정필이 소개한 영실과 악수하고 다시 정필 옆에 앉았다.

그리고 링링은 일어나서 영실에게 한국식으로 고개를 숙이고 또 또랑또랑한 한국말로 인사를 하고는 정필 옆에 살며시 앉았다.

메이리 모녀에게 정필 양쪽 옆자리를 뺏긴 옥단카는 링링 옆에 앉았고 다른 사람들은 맞은편에 앉았다.

메이리가 중국 말로 하는 것을 링링이 통역해 주었다.

"어머니께서는 이렇게 큰 식당을 처음 보셨대요. 사장님께서 아주 큰 부자인 것 같다고 하시네요."

서 있는 영실이 정필을 가리키며 미소 지었다.

"내래 이름만 사장임. 사실 진짜 사장님은 정필임."

그 말에 메이리 모녀만이 아니라 재영까지도 놀랐다.

"삼촌께선 이렇게 큰 식당을 갖고 계시면서 또 자동차 사업까지 하시는군요."

링링은 무척 놀란 듯 눈을 동그랗게 떴다.

"저희 아버지께선 삼촌이 이 정도로 부자일 거라는 말씀은 하지 않으셨어요."

재영은 정필이 라오스와 태국의 골든트라이앵글에도 사업을 하고 있다는 사실을 알고 있다.

라오스와 태국을 합쳐서 무려 3천만 달러짜리 어마어마한 사업이다. 물론 첫 번째 목적이 탈북자들을 위한 것이지만, 재영이 보기에는 그 사업에서도 막대한 수익이 창출될 것 같았다.

'저놈, 도대체……'

이제 다 알았다 싶으면 또 새로운 것이 드러나서 사람을 놀라게 하고, 또 이게 전부인가 싶으면 전혀 생각하지도 않았던 것이 나타나서 재영을 경악하게 만들고 있다.

재영은 정필에게 707특임대 시절의 모습이 10%도 남아 있지 않다고 생각했다.

영실은 아직 영업이 끝나지 않은 삼천리강산을 총지배인에게 맡기고 정필, 재영, 옥단카, 메이리 모녀와 함께 자신의 집으로 향했다.

메이리 모녀는 무려 대지 천여 평에, 건평 150평, 80평, 50평 세 동짜리 대단한 규모의 대저택을 보고 벌린 입을 다물지 못했다.

현재 영실은 탈북자 두 가족 7명과 함께 생활하고 있는데 그들은 모두 삼천리강산의 직원이다.

남자들은 주방에서 그리고 여자들은 홀 서빙이나 접대를 맡고 있다.

탈북자 두 가족은 150평짜리 본관 1층을 사용하고 있으며 영실이 2층을 사용하고, 3층은 비어 있다.

영실과 함께 사는 삼천리강산 여종업원들이 2층 거실에 삼천리강산에서 가져온 요리들을 데워서 차리고 몇 종류의 술도 내놓았다.

일행은 이런저런 대화를 나누면서 한동안 술을 마시다가 화제가 링링의 취업으로 이어졌다.

링링은 작년에 장춘대학 경제학과를 졸업한 이후 몇 군데 취직을 했었으나 적성에 맞지 않아서 다 몇 달 다니다가 그만두었다고 한다.

"저는 나중에 삼촌 같은 사업을 해보는 게 꿈이에요. 물론 그러려면 최소한 10년 이상이 걸리겠지만요."

"어째서 그렇게 오래 걸리지?"

삼천리강산에서 링링은 자신이 조카니까 반말을 하라고 부탁했고 정필은 그것을 받아들였다.

링링은 한눈에도 모범생 같은 인상이다. 단정한 머리와 복장은 물론이고, 행동거지도 군더더기 없이 딱 부러지며 말투도 깔끔했으며 무엇보다도 화술(話術)이 뛰어난 달변가(達辯

家)였다.

"10년 동안 돈을 모아야지요."

링링은 씁쓸한 표정을 지었다.

"저희 아버지는 부자가 아니라서 제가 사업을 한다고 해도 자금을 지원해 주지 못해요. 그러니까 제가 열심히 돈을 벌고 모아서 사업을 시작해야죠."

정필은 건성으로 듣는 듯 술잔을 내미는 메이리와 영실에게 잔을 부딪쳤다.

"어떤 사업을 하고 싶은 거니?"

"처음에 시작할 사업 말인가요? 아니면 최종 목표를 말씀하시는 건가요?"

"둘 다."

"처음에는 우선 큰 수익을 올릴 수 있는 사업을 할 계획이에요. 그렇지만 그 나물의 그 밥이라는 식의 사업은 원하지 않아요."

"그게 뭐지?"

링링은 하이얼맥주로 살짝 입술을 축이고는 아예 정필 쪽으로 돌아앉았다.

"현재 중국은 내놓을 만한 것이 그다지 많지 않아요. 거대한 땅덩어리와 13억에 달하는 인구, 이 땅에서 생산되는 자원뿐이에요."

얘기가 점점 전문적으로 흘러가고 있다.

"세계를 이끌어가는 첨단 기술들은 선진국들이 거의 모두 보유하고 있는데 중국은 이제야 경제를 개방하고 걸음마를 시작했어요."

정필이 고개를 끄떡이며 관심을 보이는 듯하자 링링은 얼굴을 잔뜩 찌푸렸다.

"저는 중국이 공산국가라는 사실이 속상해요……."

당서기의 딸이 할 수 있는 말이 아닌데도 그녀는 거침없이 쏟아냈다.

"예전에 우리 중국이 얼마나 위대한 나라였었는지 삼촌도 아시죠?"

"알지."

링링이 갑자기 돌발 질문을 했다.

"삼촌은 중국 역사에서 존경하는 인물이 있나요?"

정필이 술을 마시다가 내려놓고 말을 하려고 하는데 링링이 갑자기 손을 뻗어 제지했다.

"잠깐 기다려요, 삼촌."

그녀는 갑자기 수첩을 꺼내서 종이 두 장을 찢어 하나는 자신이 갖고 또 하나를 정필에게 내밀었다.

"제가 가장 존경하는 인물의 이름을 쓸 테니까 삼촌도 거기에 쓰세요. 우리 둘이 같은 인물을 쓸 확률은 0.1%도 안 되지만 재미있잖아요?"

그러면서 볼펜을 건네주었다.

링링은 돌아앉아서 몸을 웅크리고 종이쪽지에 열심히 끄적거렸다.

그녀는 자신과 정필이 같은 인물을 쓸 확률이 0.1%라고 말했지만 사실은 0.000001%도 안 된다고 생각했다.

중국 역사에는 존경할 만한 인물이 너무도 많다. 그런데 링링이 존경하는 인물은 그다지 크게 알려져 있지 않으니까 그만큼 가능성이 희박한 것이다.

"봐요."

슥—

링링의 말에 정필은 말없이 자기가 쓴 종이쪽지를 내밀었다.

"……."

그런데 링링은 종이쪽지에 한자로 적힌 글을 보고는 눈을 휘둥그렇게 떴다.

그녀는 종이쪽지에 코를 박고 한참 들여다보더니 고개를 들고 정필을 쳐다보는데 웬일인지 두 눈에 눈물이 가득 고여 있었다.

슥—

그녀는 말없이 자신의 종지쪽지를 정필의 종이쪽지 옆에 밀어놓았다.

그런데 두 개의 종이쪽지에 적혀 있는 글자가 신기하게도 한자도 틀리지 않고 똑같았다.

鄭化

정화는 명나라의 해군 제독이었지만 그에 대해서 알고 있는 사람은 그리 많지 않은 편이다.

정화가 얼마나 위대한 인물인지를 증명하는 사건이 2002년 3월 15일에 벌어졌었다.

영국 런던의 왕립 지리학회에서 개빈 멘지스라는 한 퇴역 해군 장교가 놀랄 만한 내용을 발표하고 나선 것이다.

—콜럼버스가 아메리카를 발견한 1492년, 그는 이미 72년 이나 늦어 있었다. 실제로는 명나라 제독 정화의 함대가 이미 1421년 아메리카를 발견했다. 콜럼버스나 마젤란은 오히려 이 정화 함대가 만든 지도를 가지고 대항해에 나섰던 것으로 보인다. 뿐만 아니라 정화 함대는 당시 세계에서 가장 발달한 조선술과 항해술로 세계 일주까지 마쳤을 개연성이 대단히 높다.

정화는 장보고만큼 위대한 인물이었다. 그는 일개 환관이며 군인, 해군 제독으로서 길이 150m에 폭 60m에 이르는 당시로서는 전 세계에 유일무이한 거대한 전함 100여 척을 이끌고 1405년부터 1433년까지 7차 항해를 하면서 전 세계 바닷길을 열고 수많은 나라에게 명나라에 조공을 바치도록 만들었다.

링링은 0.000001%의 확률이 일치했다는 감격과 기쁨에 겨워 눈물을 그치지 못했다.

그녀는 사실 중학생 때부터 누군가 새로운 사람을 만나면 방금처럼 종이쪽지에 서로 존경하는 인물의 이름을 적는 게임을 즐겼었고 지금껏 단 한 번도 일치하는 사람을 만난 적이 없었다.

링링은 눈물을 흘리면서 정필을 향해 똑바로 앉아 허리를 꼿꼿하게 펴고 깊숙이 고개를 숙였다.

"지금 이 시간부터 저는 삼촌을 따르겠어요. 부디 저를 이끌어주세요."

"링링."

링링은 고개를 들고 눈물 젖은 얼굴로 정필을 바라보았다.

"이제부터 삼촌에게 많은 것을 배워서 장차 제 꿈을 이루고 싶어요."

*   *   *

영실네 집 2층에는 두 개의 거실과 두 개의 주방, 그리고 열 개의 방이 있으며, 각 방은 10평이 넘는 크기에 화장실과 욕실, 냉장고 등이 딸려 있어서 방 하나에 한 가족이 생활하기에 부족함이 없을뿐더러 한두 사람이 사용한다면 최고급 호텔에 버금가는 수준이다.

정필 등은 2층의 각 방에 분산해서 들어갔는데, 정필은 옥단카와 메이리 모녀는 한 방에 들어갔다.

정필이 목욕탕 욕조의 뜨거운 물에 들어가 몸을 눕히고 지그시 눈을 감고 있을 때 옥단카가 욕실에 들어왔다.

정필이 목욕을 하고 있을 때 옥단카가 들어온 것은 이번이 처음이 아니다.

첨벙…….

벌거벗은 옥단카는 조그만 몸을 이끌고 욕조에 들어와 누워 있는 정필의 커다란 몸 위에 누웠다.

정필은 눈을 뜨지 않고 가만히 있었고 옥단카는 그의 커다란 두 손을 잡아 자신의 가슴에 가만히 얹었다.

그러고는 그녀도 눈을 감고 그대로 한동안 뜨거운 목욕을 즐겼다.

옥단카는 정필을 준샹으로 모시게 된 이후 그의 곁에 그림자처럼 머물면서 손발이 되었다.

먹는 것에서부터 씻는 것, 일상생활과 잠자리까지 그녀는 정필의 분신처럼 행동했다.

만약 정필이 옥단카의 몸을 요구했다면 그녀는 기꺼이, 아니, 기쁜 마음으로 순결을 바쳤을 것이지만 정필은 한 번도 그러지 않았다.

촤아…….

정필이 욕조에서 나와 목욕용 앉은뱅이 의자에 앉자 옥단카가 그의 온몸에 비누칠을 해주고 물을 끼얹었으며 수건으로 물기를 닦아주었다.

이처럼 목욕을 할 때도 옥단카가 있는 한 정필은 손 하나 까딱할 필요가 없다.

정필은 욕실에서 나와 팬티만 입고 발코니에 나가 우뚝 서서 담배를 한 대 피웠다.

한겨울의 매서운 밤바람이 몸을 휘감았지만 방금 목욕을 했기 때문에 추위보다는 오히려 시원함이 느껴졌다.

"삼촌."

그런데 그때 옆방 발코니에서 링링의 목소리가 들렸다.

정필이 쳐다보니 나이트가운을 입은 링링이 옆 발코니 끝에 서서 이쪽을 보며 환하게 웃고 있다.

"어… 링링."

삼각팬티를 입고 있는 정필의 후리후리하면서도 단단한 근

육질의 몸이 달빛 아래 신화의 다비드처럼 눈부셨다.

링링은 정필을 보고는 잠시 황홀한 표정을 지었다가 이내 진지한 얼굴로 말했다.

"삼촌, 드릴 말씀이 있는데 제가 삼촌 방으로 갈까요?"

"그래."

정필은 고개를 끄떡이고 담배를 끄고는 방으로 들어가 나이트가운을 걸쳤다.

척!

링링은 나이트가운을 입은 모습으로 방문을 열고 안으로 들어왔다.

"저 왔어요."

나이트가운을 걸친 정필은 냉장고에서 찬 하이얼 캔 맥주 두 개를 꺼내 창 쪽의 테이블로 가져갔다.

"이리 와라."

칵!

그는 맥주를 따서 링링 앞에 내밀고 자신도 따서 쭉 한 모금 들이켰다.

그는 할 말이 뭐냐고 묻지 않고 묵묵히 창밖을 바라보았다.

링링은 맥주를 마시지 않고 손에 쥐고 만지작거리다가 이윽고 결심한 듯 말문을 열었다.

.

"아버지는 지금 매우 심각한 상황에 처해 있어요."

"형님이?"

정필은 깜짝 놀랐다. 그에게 있어서 위엔씬은 든든한 형님이고 버팀목이다. 그런 그가 심각한 상황에 처했다는 링링의 말이 아주 생경했다.

"그게 무슨 말이냐?"

탁!

링링은 맥주를 탁자에 내려놓고 정필을 똑바로 바라보았다.

"이것저것 재지 않고 그냥 얘기할 게요."

"그래야지."

"삼촌께선 중국 공산당 권력 서열이나 권력 구조에 대해서 얼마나 알고 계세요?"

"대충은."

"아버지는 길림성 당서기이면서 정치국원이에요. 그게 무슨 뜻인지 아세요?"

정필은 고개를 가로저었다.

"모르겠어."

"평범하다는 거예요. 그래서 장차 출세의 길은 막혀 있는데다 언제라도 밀려날 수 있는 위치죠. 밀려나서 한직으로 좌천되면 그보다 좋은 게 없는데 그게 아닐 경우에는 숙청되는 거죠."

"그래?"

정필은 뜻밖이라는 표정을 지었다.

"형님 정도면 성공한 것 아닌가? 중국 일개 성의 당서기면 굉장하잖아? 게다가 내가 알기론 형님은 그다지 권력욕 같은 것이 없으신 것 같던데……."

"삼촌 기호지세(騎虎之勢)라는 말 아세요?"

"호랑이 등에 올라탔다는 거 아냐?"

"그래요. 현재 아버지 입장이 기호지세에요. 달리는 호랑이 등에 올라타서 꼭 붙잡고 있지 않고 만약 떨어진다면 그대로 숙청이에요. 아버지뿐만 아니라 우리 가족 전체가 몰락하는 거예요. 공산당 권력이라는 것이 원래 그렇게 허무해요. 그렇지만 호랑이에게 꼭 매달려 있으면 목적지까지 무사히 갈 수 있지요."

"그런가?"

딸깍…….

그때 욕실에서 목욕을 끝낸 옥단카가 나오자 링링의 시선이 그쪽으로 향했다.

물기를 닦았지만 아직도 촉촉하게 젖은 몸인 옥단카는 환한 불빛 아래에서 조금도 부끄러워하지 않고 사뿐사뿐 걸어나왔다.

옥단카를 바라보는 링링은 그녀가 정필 앞에서 알몸으로

돌아다닌다는 사실에 적잖이 놀랐다.

하지만 그것보다는 옥단카의 젖은 몸이 너무도 탐스럽고 예뻐서 같은 여자지만 달려가서 와락 안아주고 싶다는 충동이 생겼다.

옥단카는 고개를 젖히고 맥주를 마시고 있는 정필의 캔이 비어 있는 것을 알아차리고는 냉장고에서 맥주캔 두 개를 꺼내 그에게 갖다 주었다.

"옥단카, 가서 먼저 자라."

"네."

옥단카는 그대로 침대로 가서 이불을 덮고 누웠다. 그녀가 팬티를 입지 않았으나 정필은 링링이 있기 때문에 그냥 내버려 두었다.

옥단카는 묘족이라서 그런지 브래지어를 하지 않는다. 그래서 잘 때는 팬티만 입는다.

그녀는 마치 나무에 붙은 매미처럼 정필에게 꼭 안겨서 자는데 단지 그것뿐이다. 둘 사이에는 아무런 일도 일어나지 않았다.

링링은 옥단카를 보면서 작은 소리로 말했다.

"묘족인가요?"

"그래."

"삼촌의 뉘푸(女仆)군요?"

"그게 뭐니?"

"옥단카가 삼촌을 뭐라고 부르나요?"

"준샹."

옥단카는 이불을 목까지 덮고 이쪽을 빤히 바라보고 있다. 링링은 방그레 미소 지었다.

"그러니까 두 사람은 주종 관계라는 거예요. 뉘푸는 하녀나 여종이라는 뜻이거든요. 속 깊은 뜻으로는 '엎드린 여자'라고 해요."

정필은 의아한 표정을 지었다.

"엎드린 여자가 뭐지?"

링링은 살짝 얼굴을 붉혔다.

"여자가 남자 앞에서 엎드리는 게 무슨 뜻이겠어요?"

정필은 머쓱한 표정을 지었다.

"그래?"

"쟤 몇살이죠?"

"18살."

링링의 미소가 묘하게 변했다.

"묘족은 조혼(早婚) 풍습이 있어서 12~13살이면 결혼을 하고 15살이면 아기 엄마가 되죠."

정필은 새로운 사실을 알게 되었다. 옥단카가 묘족이지만 묘족에 대해서는 따로 공부한 게 없었다.

"묘족 여자 18살이면 노인이에요. 설마 삼촌은 옥단카하고 아직 섹스를 하지 않은 건 아니겠죠?"

링링은 대학물을 먹어서인지 삼촌 앞에서 '섹스'라는 말을 거침없이 했다.

그 바람에 오히려 정필이 조금 당황했다.

"그런 건 말도 안 된다."

링링은 깜짝 놀랐다.

"옥단카가 아무 말도 하지 않던가요?"

"쟤는 한국말이 많이 서툴러."

"하아……."

링링은 어이없다는 듯 아니면 낭패라는 표정을 지으며 한숨을 내쉬었다.

그녀는 중요한 얘기를 하겠다면서 정필의 방에 찾아왔지만 화제가 다른 곳으로 흘러가고 있다.

"묘족의 뉘푸는 준샹의 잠자리 시중까지 들어야 해요."

정필은 깜짝 놀랐다.

"섹스 말이야?"

"그래요. 누가 옥단카를 삼촌에게 주었죠?"

"옥단카 아버지야."

"묘족 여자는 집을 떠나기 전까지는 생사의 권한을 아버지가 쥐고 있어요. 그리고 결혼을 하면 그 권한이 남편에게 옮

겨가지요. 그렇지만 지금처럼 준샹과 뉘푸의 주종 관계가 형성되면 생사의 권한은 준샹에게 가는 거예요."

"허어……"

정필로서는 까맣게 모르고 있던 사실이다.

"그래서 준샹이 뉘푸와 동침하지 않으면 뉘푸는 준샹에게 버림받았다고 생각해요."

갈수록 점입가경이다.

"그렇게 되면 뉘푸는 스스로 자신의 집으로 돌아갈 수밖에 없어요."

"돌아간다고?"

"네. 삼촌과 옥단카 아버지가 어떤 거래를 맺었는지는 모르지만, 옥단카가 집으로 돌아가면 그녀 아버지가 받았던 모든 것을 삼촌에게 되돌려줘야만 해요."

"하아… 이것 참."

정필은 옥단카 아버지 부르카의 고질적인 폐결핵을 치료하기 위해서 곤명병원에 입원시켰으며, 완쾌하면 부르카의 뜻대로 고향에 돌아가서 편하게 살 수 있도록 충분한 돈을 주고 왔다.

그런데 옥단카가 집으로 돌아가면 부르카는 원래 생활로 돌아가야만 할 것이다. 그것은 정필로서 절대로 원하지 않는 일이다.

"그러니까 삼촌은 하루라도 빨리 옥단카하고 섹스를 해야만 할 거예요. 어느 날 갑자기 옥단카가 사라져 버리기 전에 말이에요."

정필이 옥단카를 쳐다보자 그녀는 눈을 반짝이면서 정필을 빤히 바라보고 있었다.

정필과 링링이 무슨 말을 하는지 모를 텐데도 어떤 감으로 짐작하는 것 같았다.

정필은 완강하게 고개를 가로저었다.

"그럴 수 없다."

"왜죠?"

"나는 옥단카를 귀여워하고 가족처럼 생각하지만 여자로 생각하지는 않으니까, 그리고 옥단카하고 결혼할 생각은 더더욱 없어."

"아하하하하!"

링링이 갑자기 웃음을 터뜨렸다.

"세상천지에 자신의 애완동물하고 결혼하는 사람은 없을 거예요!"

"애완동물?"

"그래요. 뉘푸는 그저 애완동물일 뿐이에요. 절대로 심각하게 생각해서는 안 돼요."

"링링, 너……."

정필은 옥단카를 애완동물이라고 말하는 링링에게 화가 났지만 곧 그녀의 말을 이해했다.

어느 나라 그리고 어느 부족이든지 반드시 지켜야 하는 고유의 풍습이라는 것이 있다. 한국만 해도 외국인들이 이해하지 못하는 풍습이 많지 않은가.

"옥단카는 그저 애완동물이나 액세서리 정도의 개념이에요. 삼촌이 그걸 이해하지 못한다면, 그래서 옥단카의 거두지 못하면 불행해지는 것은 옥단카예요."

정필은 씁쓸한 표정을 지었다.

"방법이 그것뿐이니?"

"섹스를 하든가 아니면 돌려보내든가, 둘뿐이에요."

정필은 손을 저었다.

"링링, 하려던 얘기나 계속해 봐라."

링링은 목이 타는지 맥주를 마시고 나서 아까 하던 얘기를 계속 이었다.

"중국 최고 권력층에는 3개의 그룹이 있어요. 중국공산당을 이룩한 혁명 세대의 자손으로 실질적인 중국의 지배 계층인 태자당이 있고, 상하이의 귀족 계층이 중심이 된 상하이방, 그리고 평민 출신의 공산주의청년단 즉, 공청단이 있는데, 아버지는 공청단 출신이에요."

정필은 고개를 끄떡였다.

"현재 중국 최고위층은 태자당과 상하이방이 나누어서 갖고 있어요."

"그렇겠군. 아무래도 공청단은 평민 출신이니까."

"얼마 전까지 아버지의 서열은 24위였는데 지금은 58위로 밀려났어요."

"어째서 그렇지?"

링링은 손가락을 하나씩 펴면서 설명했다.

"중국을 지배하는 최고위층은 세 개로 구분할 수 있어요. 최고 절대자인 총서기, 지금의 장쩌민(강택민)이죠. 그 다음이 상무위원 7~9명, 세 번째가 25명의 정치국원이에요. 그들이 중국을 움직이고 있죠."

"형님은 정치국원이로군."

위엔썬이 7~9명의 상무위원이라면 서열이 24위였다가 58위로 밀려 나는 일은 없었을 것이다.

"그래요. 중국 최고 권력층인 태자당과 상하이방이 총서기와 행정부, 군부의 주석과 부주석, 그리고 상무위원 자리를 몇 개씩 나누어 갖고 있어요. 얼마 전까지 아버지는 중앙조직부장이라는 지위에 있었는데 그때까지 서열 24위였다가 그 자리를 뺏기고 나서 한꺼번에 58위로 밀린 거예요."

정필은 링링이 하는 말을 정리하고 나서 말했다.

"형님께서 상무위원이 되는 방법은 없는 건가?"

링링은 정필이 자신의 말을 빠르게 이해하고 나서 몇 단계를 건너뛰어 돌파구에 대해서 얘기를 꺼내자 깜짝 놀라며 그를 바라보았다.

"삼촌은 과연 대단해요. 아버지께서 왜 삼촌을 좋아하시는지 알겠군요."

"어떻게 해야 형님께서 상무위원이 될 수 있는 거지?"

"상무위원은 중앙위원회전체회의에서 투표로 선출해요. 전체 회의 구성원들을 아버지 편으로 포섭하면 충분히 가능해요."

"돈인가?"

정필이 핵심을 찔렀다.

"네."

링링은 정필이 에두르지 않고 핵심을 찌르며 대화를 이끌어가자 오히려 얘기하기가 편했다.

"태자당과 상하이방하고는 달리 공청단 출신들은 매우 가난해서 지지층이 얇아요. 그래서 끝없이 부익부 빈익빈의 악순환을 계속하는 거예요."

정필이 진지하게 물었다.

"링링, 돈이 얼마나 있으면 형님께서 상무위원이 되실 수 있을까?"

링링은 기대 어린 표정으로 정필을 바라보았다.

"삼촌께서 아버지를 도와주시려면 지금 갖고 계신 삼천리강산이나 사업체를 정리해야만 할 거예요."

"그 정도인가?"

"네."

링링은 아버지를 금전적으로 도우려면 정필의 사업체를 처분해야만 한다는 사실이 매우 가슴 아팠다.

그리고 지금 정필의 표정을 보면 아버지를 도우려고 하는 것 같다. 그렇다면 그는 자신의 식당과 사업체를 처분하려는 것이 분명하다.

"아아… 삼촌, 이제 그만할래요. 제가 괜한 말씀을 드린 것 같아요."

링링이 갑자기 두 손을 마구 저었다.

"아버지를 도와달라고 삼촌을 알거지로 만들려고 하다니… 제가 미쳤어요. 죄송해요."

링링은 눈물을 글썽였다.

"링링."

"네… 삼촌."

"너는 형님이 상무위원이 되시려면 돈이 얼마가 필요한지 아직 말하지 않았다."

"……"

링링은 놀라서 눈을 커다랗게 떴다. 전형적인 중국 미인인 링링의 커다란 두 눈에 그렁그렁 눈물이 맺혀 있다.

정필은 부드럽게 미소 지었다.

"어서 말해봐라. 얼마나 있으면 되지?"

"처… 천만 위안 정도에요."

"흠."

정필은 잠시 계산을 하고 나서 말했다.

"미화로 약 140만 달러구나."

"네……."

정필이 불쑥 물었다.

"형님, 지금 주무실까?"

"……."

"형님하고 직접 얘기하고 싶은데."

"아!"

링링은 정필의 의도를 깨닫고 급히 일어섰다.

"얼른 가서 휴대폰 가져올게요."

링링이 급히 일어서는 바람에 나이트가운이 벌어져서 팬티만 입고 있는 모습이 그대로 드러났다. 뽀얗고 탐스러운 유방이 출렁! 하고 흔들렸다.

정필은 링링의 몸을 힐끗 보고는 일어나서 자신의 휴대폰을 가져와 링링에게 내밀었다.

"내 걸 쓰자."

링링은 살짝 얼굴을 붉히며 나이트가운을 여미고는 조심스럽게 아버지 위엔씬에게 전화를 걸었다.

지금은 새벽 1시 15분. 위엔씬은 자고 있을지 모르지만 깨우면 된다.

그런데 신호음이 채 3번 울리기도 전에 저쪽에서 누군가 전화를 받았다.

"아버지, 저 링링이에요."

링링이 중국어로 말했다.

"삼촌이 옆에 계세요."

링링의 목소리가 울먹거렸다.

정필이 조용한 목소리로 말했다.

"형님께 말씀드려. 내가 1억 위안을 지원해 드리겠다고."

"……."

링링은 놀랐는지 어쨌는지 멍한 표정으로 정필을 바라보면서 아무 말도 하지 못했다.

정필은 빙그레 미소 지으며 고개를 끄떡였다.

"농담 아냐. 형님께 1억 위안을 아무 조건 없이 지원하겠다고 말씀드려라."

링링은 덜덜 떨리는 손으로 휴대폰을 붙잡고 더듬거리면서 말하는데 눈물이 거의 폭포처럼 쏟아졌다.

휴대폰 너머에서 위엔씬이 뭐라고 고함을 지르는 소리가 정필에게까지 들렸다.

링링은 세 번, 네 번 거듭해서 아버지에게 같은 말을 반복
해 주었다.

"아… 버지가 삼촌 바꾸래요."

장춘에 온 서울 유학생에게 배운 링링은 거의 완벽한 서울
표준말을 구사했다.

정필은 휴대폰을 귀에 대고 조용히 입을 열었다.

"따거, 완후진안(그동안 별고 없으셨습니까)?"

—링디……

"시, 따거."

—링디… 젠더(아우, 정말인가)?

"시, 따거. 워빵쭈(네, 형님. 제가 돕겠습니다)."

저쪽에서 잠시 침묵이 흐르더니 갑자기 위엔씬의 거친 울
음소리가 터졌다.

—어흐흐흑……! 링디……! 타이간샤니러(정말 고맙네)…….

정필은 조용하게 말했다.

"부씨에, 부씨에(천만에요. 별말씀을 다하십니다)."

정필은 위엔씬의 울음소리를 들으면서 전화를 끊었다.

정필이 통화를 끝내고 휴대폰을 테이블에 내려놓는데 갑자
기 링링이 그에게 덤벼들었다.

"삼촌, 고마워요……!"

링링이 정필에게 몸을 날리듯이 안겨들 때 의도적인지 우연인지 그녀의 나이트가운이 홀렁 벗겨졌다.

링링은 두 팔로 정필의 목을 끌어안고 입술을 부딪쳤다. 그를 삼촌으로 여기고 있다면 취할 수 없는 행동이거늘 그녀는 거침없었다.

"으읍⋯⋯."

정필이 떼어내려고 했지만 그녀는 두 팔로 그의 목을 힘껏 끌어안은 채 세차게 그의 혀를 빨아댔다.

팔딱거리는 하얀 은어 같은 링링은 뼈가 없는 것처럼 정필의 몸 위에서 부유했다.

정필은 위엔씬에게 무작정 1억 위안을 지원하겠다는 것이 아니다.

정필은 위엔씬을 인간적으로 좋아하지만 그보다는 탈북자들을 위해서 그의 힘을 빌리려는 의도가 훨씬 크다.

탈북자들을 태우고 달리는 마차의 마부는 정필이고 앞에서 끄는 말이 위엔씬이다.

정필이 천만 위안을 지원해서 위엔씬이 상무위원에 오를지 말지 마음을 졸이는 것보다는 한꺼번에 1억 위안을 왕창 지원하여 확실하게 상무위원을 만들고 또 막강한 권력을 거머쥐도록 해놓으면 그건 정필에게, 아니, 탈북자들에게 무조건 좋은 일이다.

＊　　　＊　　　＊

쩨괭꽹꽹꽹! 차차창창창!

함박눈이 펑펑 내리는 날 오전, 무산이 굽어보이는 두만강 중국 쪽 언덕 위에서 꽤 규모가 큰 굿판이 한바탕 신명나게 펼쳐졌다.

정필은 김길우와 옥단카만 데리고 굿을 하러 왔다. 다혜니 재영 등 측근 여러 사람들이 따라오려고 했지만 다 물리치고 김길우와 옥단카만 데리고 온 것이다.

색동옷을 입고 깃털을 꽂은 모자를 쓴 여자 무당이 펄쩍펄 쩍 뛰면서 조은애의 이름을 부르며 혼을 달래고 또 혼을 부르 기도 했다.

정필이 연길백화점에서 산 고급스러운 예쁜 투피스를 무당 이 불에 태워서 그 재를 하늘로 훨훨 날려 보냈다.

무당의 지시에 따라서 정필은 제단 앞에 무릎을 꿇고 절을 올렸으며 수십 번 머리를 조아리면서 두 손을 비비며 은애의 극 락왕생과 한 번만이라도 다시 돌아와 주기를 간절하게 빌었다.

굿이 끝나고 무당과 그녀의 일행들이 돌아간 이후에 정필 과 김길우, 옥단카는 여전히 함박눈이 펑펑 내리는 언덕배기

끄트머리에 돗자리 하나를 깔고 앉았다.

"한잔합시다, 길우 씨."

"제가 먼저 따라 드리갔슴다."

"먼저 받으세요."

정필은 김길우가 들고 있던 사발에 주전자를 기울여서 막걸리를 가득 부었다.

연길 삼천리강산에서는 한국에서 직수입한 막걸리와 동동주를 팔고 있는데 매우 인기가 좋다.

정필은 오늘 굿을 위해서 삼천리강산에서 막걸리와 동동주를 갖고 왔다.

"옥단카도 마셔라."

정필은 옥단카에게도 막걸리를 넘치도록 부어주고는 잔을 높이 들어 눈발이 휘날리는 저 아래 두만강과 그 너머 무산을 잠시 바라보다가 중얼거렸다.

"은애 씨, 잘 가십시오."

그러고는 고개를 젖히고 사발의 막걸리를 한 번도 쉬지 않고 벌컥벌컥 다 마셨다.

김길우는 '조은애'라는 이름을 예전에 정필의 입을 통해서 들어본 적이 있었다.

정필과 석철이 처음 만났던 날, 정필은 자신이 은애를 잘 알고 있다고 석철에게 말했었다.

그때 정필은 은애가 브로커에게 속아서 목이 졸려 죽어 시체가 두만강에 버려졌으며, 정필이 브로커인 박종태를 찾아내서 똑같이 목을 졸라 죽여서 두만강에 버려 복수를 해줬다고 석철에게 말하는 걸 들은 적이 있었다.

그래서 김길우는 오늘 굿을 한 조은애가 그때 정필이 말한 은애와 동일 인물일 것이라고 짐작했다.

정필은 굿을 하고 나면 마음이 조금쯤은 위안이 될 줄 알았는데 오히려 더 은애가 그리워졌다.

그는 막걸리를 연거푸 다섯 사발이나 마시고 나서 담배를 한 대 붙여 물었다.

"후우……."

김길우는 은애에 대해서 약간 알고 있고 또 오늘 은애를 위해서 굿을 했다는 사실을 짐작하면서도 정필에게는 한마디도 묻지 않았다.

때에 따라서 침묵할 줄 아는 그는 정필에게 있어서 정말 최고의 측근이다.

김길우도 막걸리를 석 잔 마셨고 옥단카가 달달하고 맛있는 막걸리를 겁도 없이 야금야금 마시고 있을 때 정필이 먼 곳을 응시하며 조용한 목소리로 말문을 열었다.

"은애 씨를 바로 저 아래에서 처음 만났었습니다."

김길우는 정필이 가리키는 두만강 강가를 내려다보고 나서 다시 정필을 바라보았다.

"그럼 그때는 은애 씨가 살았더랬습까?"

"아닙니다. 죽은 혼령이었습니다."

정필의 말이라면 팥으로 메주를 쑨다고 해도 믿는 김길우지만 이 순간만은 안색이 변했다.

"혼… 령말입까?"

"그렇습니다."

정필은 눈발이 펄펄 날리는 잿빛 하늘을 바라보았다.

"그때 나는 대한민국 서울의 어느 병원에 있었습니다. 할아버지를 간병하다가 점심 식사를 하고는 깜빡 잠이 들었는데, 꿈속에서 은애 씨를 만났습니다."

정필이 은애에 대한 이야기를 다 하고 났을 때 김길우는 펑펑 눈물을 흘리고 있고, 막걸리에 취한 옥단카는 정필의 무릎을 베고 잠이 들어 있었다.

정필이 기억하고 있는 한 하나도 빼놓지 않고 김길우에게 다 이야기했다.

정필은 은애에 대한 이야기를 누군가 한 사람에게는 말하고 싶었는데 김길우는 가장 적합한 사람이었다.

김길우는 손등으로 눈물을 닦으면서 정필을 바라보았다.

"터터우, 지내(정말) 훌륭한 분이심다. 은애 씨 혼령을 믿고

서리 여기까지 오셔서 지금까지 탈북자들을 위해서 밤낮없이 뛰어다니시니……."

정필은 쓸쓸하게 고개를 가로저었다.

"나는 은애 씨가 시키는 대로 했을 뿐입니다. 훌륭한 사람은 바로 은애 씨예요."

"아임다. 혼령이 무시기 힘이 있슴까? 터터우께서 앙이 계셨다면 은애 씨는 고조 아직까지도 혼령으로 구천을 떠돌고 있을 거임다."

정필은 옥단카를 안고 일어섰다.

"갑시다."

김길우는 정필을 뒤따르면서 자기 생각을 말해보았다.

"두만강 하류 쪽에서 혹시 은애 씨 시체가 발견됐는지 모르니까니 제가 어케 좀 알아보갔슴다."

정필은 걸음을 멈추고 뒤돌아보았다.

"부탁합니다."

가능성은 없는 일이지만 물에 빠진 사람 지푸라기라도 잡는 심정이다.

만에 하나 은애의 시체를 찾아 정성껏 장례를 치러준다면 은애의 혼령은 그제야 편히 쉴 수 있을 것이다.

레인지로버를 타고 연길로 돌아가는 길에 정필이 한국 통일부 탈북자 교육기관에 휴대폰으로 전화를 걸었다.

저쪽에서 누군가 전화를 받자 정필은 가라앉은 목소리로 차분히 말했다.

"최정필입니다. 조은주와 이연화 씨를 부탁합니다."

자기 아내 '이연화'라는 말에 운전을 하던 김길우가 깜짝 놀라서 정필을 쳐다보았다.

그러고 나서 5분 이상 기다린 후에 전파를 타고 들려온 목소리는 은주가 아니라 이연화다.

"여보세요?"

"형수님."

정필은 은주가 받지 않아서 조금 서운했으나 반갑게 이연화와 인사했다.

"터터우, 은주 씨는 외출했슴다. 어카면 좋슴까?"

"하하! 다음에 통화하면 되죠."

정필은 휴대폰을 김길우에게 넘겼다.

"받아보세요. 형수님입니다."

김길우는 한 손으로 핸들을 잡고 속도를 줄이고는 다른 손으로 정필이 건네는 휴대폰을 받았다.

"이보오, 준태 어매인가?"

이연화와 통화하는 김길우는 신바람이 나서 떠들었다.

정필은 막걸리에 취해서 곤히 잠든 옥단카를 안고 미소를 지으며 김길우를 바라보았다.

김길우가 차를 갓길에 세우더니 휴대폰을 두 손으로 잡고 매우 반가운 표정을 지었다.

"준태야."

갑자기 김길우가 환하게 웃으며 정필을 보았다.

"와핫핫! 준태가 아빠람다! 저더러 아빠라고 불렀슴다!"

"하하하! 준태가 말을 한답니까?"

김길우는 한참을 더 통화하고 나서 끊었다.

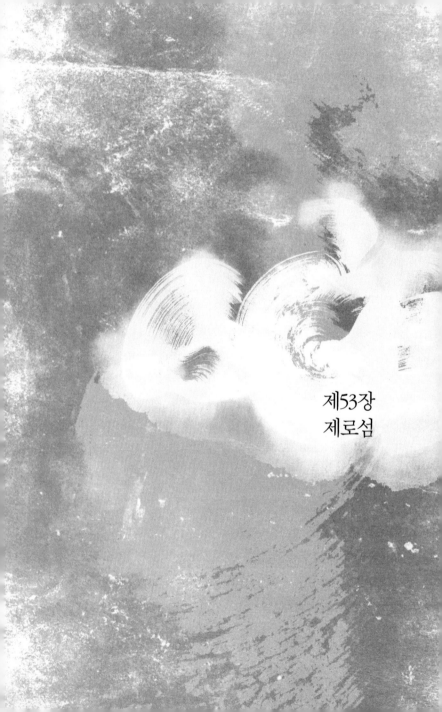

제53장
제로섬

　정필이 영실네 집에 돌아오니까 메이리는 다혜와 함께 연길 구경 겸 쇼핑을 하러 나가고 없었다.

　정필이 굿을 하러 출발하기 전에 다혜더러 메이리를 가이드 해 주라고 부탁했었다.

　만약 한도가 무제한인 카드를 주지 않았더라면 다혜는 정 필의 부탁을 받아들이지 않았을 것이다.

　링링은 정필이 굿을 하러 가는 길에 같이 나와서 흑천상사 에 들러 서동원에게 인계해 주고 나왔다.

　링링은 정필이 굿을 마치고 돌아올 때까지 흑천상사를 구경하겠다고 말했었다.

그런데 정필이 굿을 마치고 흑천상사에 왔을 때 링링은 사무실에 없었다.

서동원과 함께 고객에게 차를 인도해 주러 직접 차를 몰고 나갔다는 것이다.

사무실 구경을 하겠다던 링링의 그런 행동은 뜻밖이다. 정필이 생각하기에 링링은 매사에 적극적인 것 같았다. 비록 한나절 같이 지냈지만 링링의 성격상 정필에게 잘 보이려고 그러는 것은 아닌 듯했다.

사장인 김길우는 흑천상사에 남았고 정필은 차에 누워 있는 옥단카를 안고 2층 김길우네 집으로 올라왔다.

띠띠띠······.

서동원이 현관에 번호키를 새로 달았다면서 비밀번호를 가르쳐 준 대로 누르자 현관문이 열렸다.

그가 집으로 들어서려는데 어디선가 여자 목소리가 들렸다.

"언니! 소영 언니!"

송이 방에서 흘러나오는 목소리다. 송이는 조금 전에 흑천상사에 있는 것을 보고 왔으니까 아마도 우승희일 것이다.

정필은 우선 옥단카를 방에 눕혔다. 막걸리를 얼마나 마셨는지 옥단카는 누가 업어 가도 모를 정도로 뻗었다.

정필은 송이 방으로 갔다.

척!

"소영 언니야! 나 급해요! 어서……."

그가 문을 열고 들어가는데 침대에 누워 있는 우승희가 이불 위로 배를 움켜잡고 문을 쳐다보고 있다가 들어서는 정필을 보고 크게 놀라서 그대로 얼어붙었다.

"무슨 일입니까?"

"……."

우승희는 용변이 급해서 꽤 오랫동안 소영을 부르고 있는 중인데 오라는 소영은 오지 않고 느닷없이 정필이 들어서는 바람에 너무 놀랐다.

정필은 우승희에게 다가가며 미소 지었다.

"볼일이 급한 겁니까?"

어제 새벽에 정필이 집안에서 급히 뛰어가다가 우승희와 세게 부딪치는 바람에 그녀가 허리와 목을 크게 다쳐서 움직이지 못한다는 말을 전해 듣고 매우 미안했었다.

"아… 아임다."

정필이 다가오는 것을 보고 우승희는 얼굴이 하얗게 질려서 마구 손을 저어댔다.

"아아… 괜찮습다……. 이제 됐습다……."

정필은 손을 뻗어 새하얗게 질린 데다 비지땀을 흘리고 있는 우승희의 이마를 짚었다.

"어려워하지 말고 어디가 아픈 건지 아니면 뭐가 필요한 건지 말해 봐요."

원래 그는 무뚝뚝하고 과묵한 성격이지만 탈북자들에게는 한없이 자상한 편이다.

"아… 아임다. 어서 나가주기요……! 아아……."

우승희는 꼿꼿하게 누운 자세에서 필사적으로 손만 저었다.

뭔가 이상하다고 느낀 정필이 손을 뻗어 이불을 잡으니까 우승희가 파르르 하얗게 넘어가면서 두 손으로 이불을 꼭 붙잡았다.

"아… 안 된다……."

정필이 힘으로 이불을 걷어 젖히는 순간 어떤 지독한 냄새가 확 끼쳐왔다.

똥 냄새다.

북한 폭풍군단 벼락여단 소속 암살조 조장 우승희가 똥을 싼 것이다.

우승희는 한 시간 만에 지금껏 자신이 가장 소중하다고 간직해 왔던 모든 것을 한꺼번에 박탈당했다.

다른 여자들은 폭풍군단에 뽑혀서 들어가는 순간부터 여자이기를 포기하고 훈련에 임한다지만 우승희는 한시도 자신이 여자라는 사실을 잊은 적이 없었다.

그녀는 여자로서 지켜야 할 지조와 순수함을 끝까지 지닌 채 폭풍군단의 혹독한 강훈련을 이겨내서 결국은 최고의 특수부대원이 되었다.

그런데 그 모든 것이 조금 전에 다 무너져 버렸다. 이유는 단 하나, 똥을 싸는 결정적인 실수를 저질렀기 때문이다.

아니, 정필이 벌컥 문을 열고 들어오지만 않았더라면 놀라서 똥을 싸는 일은 없었을 것이다.

지금 우승희는 욕실 바닥에 벌거벗은 채 똑바로 누워 있고, 정필이 바디 워시를 듬뿍 묻힌 샤워 타월로 그녀의 몸을 북북 문지르고 있는 중이다.

조금 전에 우승희는 정필에게 안겨 방에서 욕실로 옮겨졌고 곧이어 하의가 벗겨지고 변기에 앉혀졌으며, 앞에 우뚝 서 있는 정필을 두 손으로 꼭 붙잡은 채 고개를 푹 숙이고 볼일을 봤었다.

허리와 목을 심하게 다친 우승희는 볼일을 볼 때면 소영의 도움을 받았었다.

그러지 않으면 기저귀를 차야만 했는데 그건 절대로 못 하겠다고 우승희가 결사적으로 반대했었다.

정필은 힘이 세서 그녀를 가볍게 번쩍 안아서 단번에 욕실에 도착하여 변기에 앉혀준 반면 소영은 비지땀을 흘리며 낑낑거리면서 부축을 해와서 간신히 변기에 앉혀 볼일을 보게 했었다.

그러고 나면 소영이나 우승희 둘 다 기진맥진 녹초가 되어 아무것도 하지 못하고 침대에 나란히 누워 있었다.

우승희는 정필을 보는 순간 간신히 참고 있던 괄약근이 풀어지면서 약간의 대변을 지렸고, 그것 때문에 수치스러워서 죽고 싶은 심정인데도 아직 덜 나온 채 막창자에 몰려 있는 대변이 나가겠다고 아우성을 쳐댔다.

그래서 정필이 변기에 앉혀주자마자 그녀의 의도하고는 전혀 상관없이 할리 데이비슨 배기음을 요란하게 내며 그녀를 괴롭히던 것들이 한꺼번에 쏟아져 나갔다.

슬프게도 우승희는 혼자서 화장실에 갈 수도 없을뿐더러 변기에 앉혀준다고 해도 제 스스로 꼿꼿하게 앉아서 볼일을 볼 수도 없는 처지다.

그래서 앞에 우뚝 서 있는 정필의 두 손을 꼭 잡은 채 고개를 푹 숙이고 있어야만 했었다.

웬 놈의 변은 그렇게나 많이 나오는 것인지, 더구나 그러는 와중에도 짜릿한 배변의 쾌감을 느끼고 있다는 사실 때문에 그녀는 자기 스스로에게 너무나 화가 나서 머리가 폭발하는 줄만 알았다.

언제든지 기회를 봐서 정필을 제압해야만 하는 암살조 조장 우승희가 암살 대상자에게 이런 꼴을 보이다니 있을 수도 없는 일이다.

만약 자랑스러운 로동당에서 이 일을 알게 된다면 우승희는 그 날로 아오지탄광행이다.

스슥슥…….

더구나 우승희는 바지와 팬티는 물론이고 하체 전체가 똥범벅이었으므로 벗겨서 씻을 수밖에 없었다.

그리고 지금은 소영이도 장을 보러 가고 없으며 이 집에는 오로지 우승희와 정필뿐이다.

그렇다고 하체를 똥으로 범벅을 만들어놓은 상태에서 소영이 오기만을 마냥 기다리고 있을 수도 없는 노릇이다.

"더럽지 않습까?"

두 눈을 질끈 감고 있던 우승희는 갑자기 불쑥 그렇게 말을 해놓고 내가 지금 무슨 소리를 지껄이고 있는 것인가 싶어서 후회했다.

정필은 샤워 타월로 그녀의 몸을 벅벅 문지르는 데 열중하면서 대답했다.

"전혀 더럽지 않습니다."

"거짓말하지 맙소. 똥이 어케 앙이 더럽습까?"

우승희는 방금 말을 한 것을 후회하고서도 정필의 말에 즉 각 반응했다.

똥이 더럽지 않다는 그의 말이 너무도 가증스러웠기 때문 이다.

"이게 다른 사람 똥이라면 더러워서 근처에도 가지 않았을 겁니다."

목욕용 작은 의자를 베고 누워 있던 우승희는 살짝 눈을 떴다가 소스라치게 놀랐다.

"……."

정필이 거품 묻은 손으로 쥐고 있는 건 똥덩어리였다. 바로 우승희의 하체에 묻어 있다가 씻는 바람에 하수구에 뭉쳐 있 던 그 똥이다.

정필은 그 똥을 손에 쥐고 진지한 표정으로 말했다.

"이건 살기 위해서 목숨을 걸고 북한을 탈출한 사람의 똥입 니다. 그래서 더럽지 않습니다."

"……."

"내 동포의 똥이니까."

정필은 우승희를 깨끗이 씻기고 빨아놓은 새 옷을 입혀서 자기 방에 눕혀주었다.

"푹 쉬어요."

정필이 이불을 잘 덮어주고 나가려는데 우승희가 작은 목소리로 물었다.

"정필 동지는 어카다가 이 일을 하게 됐습까?"

암살조의 조장은 암살대상에게 이런 걸 물으면 안 된다.

정필은 나가려다가 돌아서서 우승희가 누워 있는 침대에 걸터앉았다.

"계기가 있었습니다."

정필은 우승희에게 은애에 대한 얘기는 하지 않았다.

정필이 연길에 온 건 은애 때문이지만 그가 탈북자들을 돕기로 결심한 이유는 두만강 한가운데서 얼음에 파묻혀 죽은 여인 때문이었다.

그때 정필은 그 여인 앞에서 흐느껴 울며 오열을 했고, 그후에 연길에 남아서 탈북자들을 돕겠다고 맹세를 했었다.

여인에 대한 얘기를 듣고 난 우승희는 충격을 받은 표정을 지었다.

"그 여자는 누구였습까?"

"모릅니다."

정필은 씁쓸한 표정을 지었다.

"그 여자와 2명의 이름 모르는 여자, 그리고 유미 어머니 네 사람을 화장하는 날 결심했습니다. 북한 동포들이 행복해지는 그날까지 그들을 돕기로 말입니다."

우승희는 그만 물어봐야지 하면서도 자꾸만 얘기에 빠져들었다.

"죽은 여자가 더 있었슴까?"

"그렇습니다."

"그 여자들은 어카다가 죽었슴까?"

"그녀들은……."

정필은 함박눈이 펑펑 쏟아지던 날, 용정 해란강 가의 농장 축사에서 있었던 얘기를 해주었다.

인신매매단에 붙잡혀서 모두 강간을 당하고는 축사에 웅크린 채 얼음덩어리가 되어가고 있던 북한 탈북녀들의 가슴 찢어지는 얘기다.

정필이 얘기를 하는 동안 우승희의 눈이 조금씩 커졌다. 아무도 그녀에게 해주지 않았던 얘기라서 사실처럼 들리지 않았다.

그러나 그녀는 알고 있다.

그것이 지금 북한의 현실이라는 것을. 단지 그녀는 그동안 그것을 애써 외면하고 있었던 것이다. 말하자면 현실 부정이다.

무참하게 강간을 당하고 허기진 데다 추위에 얼어서 제대로 일어나지 못하던 19살 소녀 상희 얘기를 들을 때 우승희는 이불 속에서 두 주먹을 꼭 쥐었다.

그리고 축사에서 얼어서 죽은 20대 초반의 여자 2명에 대한 얘기를 들을 때는 어금니를 악물었다.

마지막으로 13살 소녀 유미와 그녀의 엄마가 나란히 누운 채 강간을 당했으며, 정필이 안고서 버스로 옮기는 도중에 유미 엄마가 숨을 거두었다는 얘기를 들을 때는 우승희의 한껏 커진 두 눈에 눈물이 가득 고였다.

그리고 13살 어린 나이에 강간을 당한 유미가 하체에서 피를 흘리며 생과 사의 고비를 넘나들던 얘기와 유미 엄마의 영혼이 몸을 떠나면서 정필에게만 모습을 보이며 유미를 잘 부탁한다고 말했을 때에는 우승희는 갑자기 악에 받쳐서 바락 소리를 질렀다.

"그만! 그만하라요!"

정필은 눈물을 흘리면서 복잡한 표정을 짓고 있는 우승희의 머리를 부드럽게 쓰다듬었다.

"내 몸에 손대지 말기요!"

정필은 손을 뚝 멈췄다가 일어서서 조용히 말했다.

"쉬십시오."

정필이 나가고 방문이 닫혔다. 우승희는 닫힌 방문을 사납게 노려보았다.

'종간나새끼, 엇다 대고 거짓말을 늘어놓는다는 말이야?'

그렇지만 그녀는 정필의 말이 다 사실이라는 것을 잘 알고 있다. 다만 믿고 싶지 않을 뿐이다.

정필이 주방에서 물을 마시고 있을 때 현관에서 번호키를 누르는 소리가 들렸다.

그가 주방에서 나오는데 장을 보러갔던 소영이 양손에 무거운 식품 재료를 잔뜩 들고 들어오다가 딱 마주쳤다.

"아… 주인님."

정필은 소영에게서 물건을 받아 주방 식탁에 올려놔 주었다.

"소영 씨, 그렇게 부르지 말라고 얼마나 말했습니까?"

소영은 파카를 벗다가 움찔했다.

"잘못했습다."

정필은 죄를 지은 것처럼 전전긍긍하는 소영을 보고 괜히 나무랐다고 후회했다.

그는 원피스 자락을 만지작거리면서 고개 숙이고 서 있는 소영 앞에 섰다.

"소영 씨, 이번 달 중순경에 배 타고 대한민국 가십시오."

소영은 깜짝 놀란 얼굴로 고개를 들고 정필을 바라보았다.

그런데 기뻐할 줄 알았던 그녀는 큰 벌이라도 받게 된 것처럼 절망적인 표정을 지었다.

"왜 그럽니까? 가기 싫습니까?"

"네……."

소영의 대답은 정필로선 정말 뜻밖이다.

"왜 그럽니까?"

정필이 물었지만 소영은 무언가 말할 듯 말 듯 잠시 동안 입술을 오물거리다가 그만두고는 파카를 벗고 장봐온 물건들을 풀기 시작했다.

정필은 소영을 물끄러미 바라보았다. 잠시 골똘히 생각해 봤지만 그녀가 대한민국에 가지 않겠다는 이유를 도무지 알 수가 없다.

소영이 애타게 그리워하던 아들 철민을 정필이 베트남 정글에서 우연히 찾아내 무사히 대한민국에 보내주었다.

그러니까 그녀는 아들을 한시바삐 만나기 위해서라도 정필이 말하기 전에 자신이 먼저 대한민국으로 보내 달라고 졸라대야 당연한 얘기다.

조금 기다렸으나 소영은 아무 말도 하지 않고 고개를 푹 숙인 채 장봐온 물건들만 정리하고 있어서 정필은 나직한 한숨을 토하며 돌아섰다.

"손님 때문에 오늘도 영실 누님네서 잘 겁니다."

소영은 대답이 없다.

정필이 주방을 나가려다가 갑자기 소영에게서 '흑!' 하는 소리가 나서 뒤돌아섰다.

소영은 테이블 앞에 서서 두 손으로 얼굴을 가리고 어깨를 들먹이면서 울고 있었다.

"소영 씨."

놀란 정필이 부르자 소영은 갑자기 그에게 달려와 와락 안겼들었다.

"주인님……."

그녀는 두 팔로 정필의 허리를 꼭 끌어안고 그의 가슴에 얼굴을 묻으며 나직이 흐느꼈다.

"어흑……! 주인님을 너무나 사랑해서 죽을 거이 같습다……. 내래 어카면 좋습까……?"

두 손을 내린 채 뻣뻣하게 서 있던 정필은 문득 다혜의 꾸지람이 생각났다.

불교의 자비. 보시에 대한 것이다. 사랑이나 섹스에 목마른 사람에게 그것을 베풀어주는 것도 자비요, 보시라는 말이다. 그것을 '육보시'라고 한댔다.

그러면서 다혜는 또 탈북자들을 구하려면 끝까지 책임을 져야지 사지에서 건져줬다고 해서 할 일을 다한 것이 아니라고도 말했다.

다혜의 말이 백 번 옳다. 그때 정필은 다혜의 말을 듣고 깨우침을 얻었고 크게 후회해서 나중에 소영에게 전화를 하여 사과했었다.

그렇지만 그것은 머리로만 깨우친 이론일 뿐이지 실제로 그런 상황이 다시 닥치면 어떻게 해야 할지 아직 정립이 되지 않았다.

정필은 소영을 사랑하지 않는다. 사랑할 수가 없으며 사랑할 처지가 아니다.

그렇지만 소영은 충분히 사랑스러운 여인이고, 남자라면 그녀를 보는 순간 미모나 몸매에 뻑! 가고 말 것이다.

'누군가 간절하게 원하는 것이 내게 있다면… 그리고 그걸 주는 것이 그다지 어려운 일이 아니라면……'

그게 자비이고 보시인가?

정말 어려운 문제다.

조금 용기를 낸 정필은 늘어뜨린 두 팔을 들어 소영의 등을 부드럽게 쓰다듬었다.

소영은 원래 대단한 글래머인데 이곳에 와 있는 동안 잘 먹고 잘 지낸 탓에 건드리기만 해도 터질 것 같은 늘씬하고 풍만한 몸매가 되었다.

"제가 주인님을 사랑하는 거이가 천벌을 받을 일이라는 거이 잘 압다. 그런데도 하루 종일 주인님 생각만 하고… 정말 미칠 거 같습다……."

소영은 두 팔로 정필의 허리를 힘주어 꼭 안고 몸을 흔들었다. 마치 그렇게 해서라도 정필과 한 몸이 되고 싶은 것 같은 행동이다.

정필은 그렇게 잠시 더 있다가 가만히 소영을 떼어냈다.

"아아……."

그리고 눈물을 흘리면서 안타까워하는 소영의 두 뺨을 두 손으로 잡고 가만히 입을 맞췄다.

정필의 갑작스러운 행동에 소영은 눈을 화등잔처럼 커다랗게 뜨고 놀라더니 곧 눈을 감고 차렷 자세를 하고는 몸을 바들바들 떨었다.

정필은 입술을 떼고 소영의 귀에 속삭여 주었다.

"나도 소영 씨 사랑합니다."

그러고는 자신의 말이 그냥 농담이 아니라는 것을 확인시켜 주려는 듯 그녀를 가만히 안고 탱탱한 궁둥이를 부드럽게 쓰다듬어 주었다.

"하아아… 흐으으……."

갑자기 소영이 눈을 꼭 감은 채 몸을 푸득푸득 떨면서 이상한 소리를 냈다.

정필은 소영이 마치 간질 발작을 일으키는 사람 같아서 움찔 놀랐다.

"소영 씨."

"아아아……."

그런데 소영이 뼈가 없는 것처럼 흐느적거리더니 풀썩 쓰러지는 것을 정필이 급히 부축했다.

정필은 소영을 의자에 앉히고 냉수를 받아와서 먹였다.

"괜찮습니까?"

소영은 겨우 정신이 드는 모습인데 얼굴이 해쓱했다.

"네……."

"왜 그럽니까?"

"모르겠슴다. 주인님이 입을 맞추니까니 갑자기 머리가 핑돌고 온몸이 녹아버리는 것 같았슴다. 그런 거이 저는 처음 느껴봄다… 아아……."

그녀는 아직도 그런 현상이 남아 있는지 몸을 세차게 부르르 떨었다.

'설마……'

정필은 무슨 생각을 하다가 소영에게 물었다.

"이런 기분 처음이었다고 그랬습니까?"

"네……."

정필은 조금 망설이다가 옆에 의자에 앉았다.

"소영 씨, 혹시 오르가즘이 뭔지 압니까?"

소영은 기운이 하나도 없는 얼굴로 물었다.

"그거이 뭡까?"

"남녀가 섹스를 할 때 여자가 느끼는 겁니다."

소영이 머뭇거렸다.

"섹스라는 거이, 그거… 지요?"

"소영 씨가 생각하는 그거 맞습니다."

지난번 김길우네 집에서 다혜가 강간에 대해서 일장 연설을 하는 도중에 섹스나 자위라는 말이 여러 번 나왔으며, 소영은 그때 처음 그런 말을 들었다.

정필은 차근차근 얘기했다.

"남녀가 섹스를 할 때 여자가 극도로 흥분하여 마지막에 절정의 쾌감을 느끼는 것을 오르가즘이라고 합니다."

"아……."

정필은 어쩌다가 이런 얘기까지 하게 됐는지 조금 쓸쓸했지만 기왕지사 내친김에 꼭 짚고 넘어가야 할 것 같았다.

"저는… 그런 거이 한 번도 느낀 적이 없슴다."

"오르가즘을요?"

"네……."

"남편과 섹스를 할 때 좋지 않았습니까?"

소영은 정색을 하고 손사래를 쳤다.

"그런 말씀 하지 맙소. 저는 그거이 할 때마다 너무 아프고 힘들어서 진저리가 났슴다."

정필은 난감한 표정을 지었다가 물었다.

"소영 씨는 남편을 사랑하지 않았습니까?"

소영은 깜짝 놀랐다.

"주인님께서 그거이 어케 아심까?"

"그럴 줄 알았습니다."

"저는 18살 때 얼굴도 모르는 사내한테 시집가서리 하모니카 집 단칸방에서 시부모랑 시누이 둘, 시동생 한 명하고 7명이 복닥거리면서 살았습다."

정필은 소영이 어째서 오르가즘을 느끼지 못했는지 그리고 섹스를 싫어하게 되었는지 알 것 같았다.

"캄캄한 새벽에 인민반 새벽 동원에 불려서 밭에 나가서리 하루 종일 일하다가 밤중에 별을 보고 집에 들어오면 너무 피곤해서리 씻지도 못하고 쓰러져서 자는데 나그네가 그거를 하자고 들러붙는다는 말임다. 일곱 식구가 나란히 자는 방에서 말임다."

"……."

"그러면 저는 이불 속에서 꼬집고 밀쳐내고 별짓을 다하는데도 원수 같은 나그네가 끈덕지게 달라붙는다는 말임다. 그러면 그냥 뒤에서 하라고 들뿌리(팬티)를 내려주고 궁둥이만 뒤로 내밀고 그냥 잡다. 그러이 제가 어케 흥분 같은 거이 하겠슴둥?"

"알겠습니다."

정필은 이쯤에서 얘기를 끝내야겠다고 생각했다. 조금 전에 소영이 오르가즘을 느꼈는지 알아보려다가 비참한 그녀의 가

정사만 들춰내는 꼴이 되고 말았다.

"주인님."

"네."

이제 소영에게 주인님이라고 부르지 말라는 말은 먹히지도 않는 것 같다.

"그런데 말임다. 저는 주인님만 보면 기분이 이상해짐다. 가슴이 덜덜 떨리고 다리에 힘이 풀리는 거이……."

소영은 남편에게서 한 번도 느껴보지 못한 흥분을 정필에게서 느끼는 것 같았다.

정필은 옆에 앉은 소영을 물끄러미 바라보았다.

소영은 눈이 마주치자 부끄러워서 고개를 푹 숙였다.

이 여자는 정필에게서만 흥분을 느낀다. 그리고 정필이 그녀를 흥분시키고 오르가즘에 도달시키는 것은 어쩌면 어렵지 않을 것 같았다.

그가 잠시 수고를 하는 것으로 절망에 빠져 있는 이 여자가 새로운 희망과 활력을 되찾을 수 있다면 무얼 망설이는 것인가. 그것도 자비 육보시가 아닌가.

탈북자들을 구해놓으면 다 끝나는 것이 아니다. 정필이 대한민국에 선희와 향숙을 통해서 탈북자들의 기반을 마련해놓은 것도 다 그런 의도가 아닌가.

슥—

정필은 갑자기 손을 뻗어 무릎 아래로 내려온 소영의 원피스 치마를 걷어 올렸다.

"옴마야……."

소영은 눈을 동그랗게 뜨고 놀랐으나 자신의 뽀얀 허벅지를 쓰다듬고 있는 정필의 커다란 손을 내려다보면서 숨넘어가는 소리를 냈다.

"하악……!"

정필의 손바닥이 허벅지 안쪽으로 조금씩 미끄러져 들어가자 소영은 상체를 뒤로 젖히고 다리를 벌리면서 몸이 통나무처럼 뻣뻣해졌다.

"하악! 하악! 하악!"

정필의 손이 그곳에 닿았다. 그곳은 마치 매우 뜨거웠으며 또한 살아 있는 것처럼 꿈틀거렸다.

이런 경험이 많지 않은 정필이지만 그녀가 지금 오르가즘을 향해 질주하고 있다는 사실을 어렵지 않게 깨달았다.

그가 관계를 했던 여자들이 오르가즘에 도달했을 때 바로 이런 모습이었다.

"하으윽……! 하아아……."

소영이 거의 눕듯이 상체를 뒤로 젖히는 바람에 정필이 한 팔로 받쳐주었다.

그리고 그의 다른 손이 아주 천천히 그리고 집요하게 은밀한 행위를 해주었다.

정필은 소영을 안아다가 그녀의 방 침대에 눕혀주었다.

소영은 절반은 기절하고 절반은 정신이 남아 있는 상태로 온몸을 하도 격렬하게 떨어서 주방에 그대로 놔둘 수가 없었다.

정필은 손, 아니, 손가락만으로 소영을 세 번이나 절정에 도달하게 해주었다.

그러는 동안 그의 남성이 폭발할 것 같았지만 그는 끝까지 손으로만 봉사를 해주었다.

정필은 침대에 누워 있는 소영의 머리를 쓰다듬었다.

"이제 됐습니까?"

소영은 얼굴이 새빨개져서 아무 말도 못 하고 가쁜 숨을 할딱거리기만 했다.

"갑니다."

정필이 소영의 방문을 열고 나가려는데 뒤에서 그녀의 목소리가 들렸다.

"죽을 거처럼 좋았슴다. 주인님, 사랑함다."

현관을 나서면서 정필은 불가(佛家)의 자비나 보시, 그리고 육보시의 의미에 대해서 조금은 알 것 같은 기분이 들었다.

"팀장님은 이걸 쓰십시오."

정필은 박종태에게서 뺏은 체코제 권총 cz—75를 재영에게
내밀었다.

"네 거냐?"

"아닙니다. 제 것은 회색입니다."

정필은 권보영에게서 뺏은 cz—75 회색을 갖고 있으며 재영
에겐 검은색을 주었다.

"길우 씨도 하나 줄까요?"

"아, 아입다. 저는 쏠 줄도 모릅다. 괜히 갯고 있다가서리 발
등이라도 쏘면 큰일납다."

세 사람은 마당으로 나가면서 정필이 김길우에게 물었다.

"장소는 확인했습니까?"

"화룡(和龍) 남쪽 해란강 상류에 있는 청산촌(靑山村)이라고
합다."

영실네 넓은 마당에는 다섯 대의 각종 차량이 주차되어 있
었고 일행은 레인지로버에 올랐다.

영실네 저택 곳곳은 사람이 없는 대낮에 여기저기에서 공
사가 한창이다.

"거리는 얼마나 됩니까?"

"용정과 화룡을 거쳐 110㎞쯤 됩다. 세게 밟으면 2시간 30분
이면 도착할 겁다."

부릉—

김길우가 운전석에서 시동을 걸었다.

"몇 명이나 있다고 합니까?"

"어린 자매라고 함다."

김길우는 길림성 내에 꽤 많은 정보원을 두고서 그들이 갖고 오는 탈북자들에 대한 정보를 취합하고 있다.

정보원들은 길림성 각지에서 따로 직업을 갖고 있지만 김길우는 그들에게 매월 500위안씩 정기적으로 주고 있으며, 만약 탈북자에 대한 정확한 정보를 제공하면 최소 3천 위안부터 만 위안까지 상금을 준다.

그렇기 때문에 정보원들은 상금을 받기 위해서 열심히 발로 뛰고 있으며, 실제 그들의 정보 덕분에 꽤 많은 탈북자를 구할 수 있었다.

정필 품속의 휴대폰이 울렸다.

—정필 씨, 언제까지 이 짓을 하고 있어야 돼요?

휴대폰에서 메이리를 가이드하고 있는 다혜의 짜증 섞인 목소리가 흘러나왔다.

"카드 줬잖습니까?"

한도 무제한 카드를 말하는 것이다.

—고기도 먹어본 사람이 먹는다고 나는 쇼핑하고 체질적으로 맞지 않는 것 같아요.

"뭘 좀 샀습니까?"

—메이리는 백화점에서 이것저것 많이 샀어요. 3천 불 정도 썼는데 괜찮아요?

"괜찮습니다. 다혜 씨도 뭘 좀 사십시오."

—내가 사고 싶은 물건은 백화점에 없더라고요.

"뭘 사고 싶은 겁니까?"

—정말 갖고 싶은 게 있어요.

"그게 뭡니까?"

—정필 씨가 사줄래요?

"말해보세요."

—저격용 소총이에요.

과연 다혜답다. 그만한 또래의 다른 여자들은 멋 부리기에 한창인데 밀리터리 걸 다혜는 저격용 소총이 갖고 싶다고 한다.

"끊습니다."

쓸데없는 소리 하려거든 끊겠다고 하자 다혜가 빠른 어조로 물었다.

—지금 어디예요?

"탈북자 구하러 갑니다."

—Fuck!

열 받은 다혜가 뭐라고 소리를 지르기 시작하는데 정필이 휴대폰을 꺼버렸다.

뒷자리에서 의자를 뒤로 젖히고 모자로 얼굴을 가린 재영이 자는 줄 알았더니 한마디 했다.

"누가 그 여자 남편이 될 건지 고생문이 훤하다."

정필 일행이 연길을 벗어나고 있는데 정필의 휴대폰에 전화가 걸려왔다.

다혜일 거라는 짐작에 받지 않았더니 끊어졌다가 잠시 후에 다시 울렸다.

다혜는 전화를 딱 한 번 해봐서 정필이 받지 않으면 그 다음부터는 두 번 다시 걸지 않는다. 비교도 할 수 없을 정도로 강한 자존심이 상했기 때문이다.

그렇다면 지금 전화한 사람은 다혜가 아니거나 다혜더라도 매우 중요한 용건일 것이다.

"정필 씨."

그런데 뜻밖에도 묵직하게 가라앉은 목소리의 임자는 김낙현이었다.

"무슨 일입니까?"

정필은 단도직입적으로 물었다. 정필이 전화를 받지 않는데도 김낙현이 끈질기게 계속했다면 매우 중요한 일이 분명한데 인사를 주고받을 경황이 없다.

"공변숙이란 인물을 압니까?"

"처음 들어봅니다."

"그럼 알아보십시오."

김낙현은 그 말만 하고 끊었다.

김낙현은 '공변숙'에 대해서 알고 있는 것이 분명하다. 그런데도 정필더러 직접 알아보라고 했다. 그러는 데에는 그럴 만한 이유가 있을 것이다.

전화를 끊고 정필은 재영에게 물었다.

"팀장님, 공변숙이라는 사람 아십니까?"

"몰라."

재영이 부스스 일어났다.

"그 사람이 왜?"

"김낙현 씨가 그 사람에 대해서 알아보랍니다."

"이름하고는, 공변숙이 뭐냐? 공중변소도 아니고, 쯧."

정필이 다혜에게 전화를 해봤지만 그녀도 처음 듣는 이름이라고 한다.

결국 정필은 한국에 있는 선희에게 전화했다.

"선희야, 공변숙이라는 사람 알고 있니?"

"오빠도 그 여자 아는구나?"

"그 여자 누구니?"

갑자기 선희의 목소리에 칼날이 섰다.

"정신 나간 년이지. 빨갱이야."

"빨갱이?"

"나도 우리나라에 그런 형편없이 미친 여자가 살고 있는 줄 몰랐는데 요즘 탈북자 문제로 그 여자가 이슈야."

정필은 저도 모르게 긴장했다.

"탈북자 문제라니?"

"오빠, 한유선 씨하고 혜주 있잖아?"

"그래."

"그 여자 주장이 대한민국 안기부가 중국 연길에서 한유선 씨와 혜주를 납치하고 한유선 씨의 남편 민성환 씨를 살해했다는 거야."

"뭐어?"

정필은 해머로 뒤통수를 호되게 얻어맞은 것 같은 충격을 받았다.

"공변숙은 변호사야. 조통변 즉, 조국통일변호사협회 부회장인데 이 조통변이 친북 용공(容共) 좌익 단체야."

정필은 마음속의 놀라움을 다스리며 선희의 말을 조용히 듣기만 했다.

"조통변은 예전부터 북한의 대남(對南) 스피커 역할을 해왔었는데 이번에 한유선 모녀 문제를 대대적으로 이슈화해서 들고 나온 거야."

"그래서 그 여자가 뭘 어떻게 했는데?"

정필은 은근히 배알이 뒤틀리고 신경이 날카로워지기 시작했다.

"한유선 모녀가 자유의사로 대한민국에 왔는지, 아니면 납치됐는지 법정에서 해결하자는 거야. 그러니까 한유선 모녀와 그녀들을 입국시킨 안기부 담당자를 법정에 출두시켜서 진위 여부를 명백하게 가리자는 거지."

"미친……."

정필 입에서 욕이 튀어나가려다가 멈췄다.

"정부가 일고의 가치도 없다면서 일축하니까 그 여자하고 조통변, 그리고 수백 명의 용공 세력이 연일 국회의사당 앞과 통일부 교육청 앞에서 플래카드를 들고 시위를 벌이고 있어."

탈북자들 모두 그렇지만 그중에서도 특히 북한 고위급 인사의 가족인 한유선 모녀에 대한 사항은 일체 비밀에 붙여져야만 한다.

대한민국 사회 일각에서는 아직 탈북자들을 여유롭게 받아들일 준비가 되지 않았으며, 간첩이나 용공, 좌익 세력들이 판을 치고 있기 때문에 한유선 모녀가 대한민국에 입국했다는 사실 자체가 극비 사항이어야만 한다.

"통일부 교육청이라면 탈북자들이 교육받고 있는 곳이잖아? 그 여자들이 거기에서 시위를 한다는 말이야?"

"그래. 그래서 기자들이 어떻게 해서든지 교육청 안이나 기숙사 같은 데 잠입하려 들고 한유선 모녀와 탈북자들 사진 찍으려고 난리가 아냐."

"이런 쌍년!"

정필의 입에서 마침내 거침없이 욕설이 튀어나왔다.

선희는 정필이 알지 못했던 일들을 조금 더 얘기해 주고 나서 덧붙였다.

"오빠, 내가 더 자세히 알아보고 나서 팩스로 보내줄게."

"알았다."

정필은 전화를 끊고 나서 김길우와 재영에게 선희한테 들은 얘기를 설명해 주었다.

"이런 개쌍년!"

얘기를 듣는 동안 재영은 격동하는 분노를 참지 못하고 우락부락하더니 끝내 욕설을 터뜨렸다.

"앙이, 뭐 그런 미친년이 다 있슴까?"

운전하는 김길우도 화가 치밀어서 씨근거렸다.

재영이 이를 갈듯이 말했다.

"공변숙, 그년은 간첩이 분명해. 한유선 모녀 법정에 세우자고 하는 건 북한의 지령을 받고 움직이는 게 뻔해."

"그걸 증명할 방법이 없답니다."

"정말 대한민국 좋다. 그런 개 같은 것들이 마음대로 설쳐 대도 잡아다가 총살시키지 않는 걸 보면."

김길우가 정필을 보며 물었다.

"그 사람들 한국에서 잘삼까?"

"잘살죠. 최소한 중상층일 테니까."

"앙이, 그렇게 북한이 좋으면 북한에 가서 살지 어케 대한민 국에서 저 지랄을 하는 검까?"

"그러게 말입니다."

정필은 창밖을 내다보았다.

"어디쯤 왔습니까?"

"용정에 다 와감다."

정필은 김낙현에게 전화를 걸었다.

"알아봤습니까?"

"네."

정필은 김낙현이 무엇 때문에 공변숙에 대해서 알아보라고 했는지 궁금했지만 그보다는 한유선과 혜주의 안전이 우선이 다.

"한유선 씨 모녀는 괜찮습니까?"

김낙현은 솔직하게 대답했다.

"조심했는데 모녀 사진이 유출됐습니다. 그녀들이 기숙사에 서 나란히 나오는 사진이 기자의 망원렌즈에 찍혔습니다."

"이런……."

정필은 오만상을 찌푸렸다.

"북한에서 한유선 씨 모녀 암살조가 나왔다고 말씀하지 않았습니까?"

"그랬습니다."

"그럼 이제 어떻게 합니까? 지금쯤 암살조가 한국에 입국했을 텐데 말입니다."

"그럴 가능성도 있습니다."

정필은 약간 신경질을 냈다.

"가능성이 아니라 입국했다고 봐야 합니다."

"네."

정필이 뭐라고 말하기도 전에 김낙현이 먼저 말했다.

"얼마 전부터 한유선 씨 모녀는 특별 경호에 들어갔습니다. 이제부터는 통일부 교육청에도 보내지 않고 안가에서 따로 교육하면서 보호하게 될 겁니다."

"안전한 안가입니까?"

"안가가 왜 안가겠습니까?"

정필은 뭐라고 냉랭하게 대거리를 해주고 싶었지만 그냥 눌러 참았다.

"부탁합니다."

"최선을 다하고 있습니다."

정필은 궁금하게 여기던 것을 물었다.

"왜 저한테 공변숙에 대해서 알아보라고 하셨습니까?"

"공변숙이 사흘 후에 연길에 온답니다."

"⋯⋯."

정필은 움찔 놀라서 말을 잃었다.

"안기부 요원들이 민성환을 죽이고 한유선 모녀를 납치한 현장을 직접 눈으로 확인하고, 또 탈북자들을 마구잡이 납치하는 증거를 잡아서 그 실상을 낱낱이 백일하에 까발린다는 것입니다."

민성환 가족에 대해서 안기부는 머리카락 한 올 개입한 것이 없다.

민성환은 안기부하고 접촉하려고 연길에 왔다가 조폭 흑사파에 붙잡혀서 북한 보위부에 넘겨졌으며, 한유선 모녀는 민성환을 만나러 역시 연길에 왔다가 흑사파에 붙잡혀 강간과 폭행을 당했었다.

그 당시 만약 혜주가 정필에게 전화를 하지 않았더라면 지금쯤 그녀들은 북한 정치범 수용소에 감금되어 혹독한 겨울을 보내고 있을 것이다.

"알았습니다."

정필은 더 이상 묻지 않고 전화를 끊었다.

정필 일행은 오후 2시쯤에 목적지인 청산촌에 도착했다.

잿빛 하늘은 당장에라도 눈을 뿌릴 것처럼 낮게 가라앉아 있었다.

미리 연락을 받고 나와 있던 김길우의 정보원이 초조한 얼굴로 김길우를 나무랐다.

"어째 이리 늦게 오는 거임까?"

"무슨 일이 있소?"

여기에서 25㎞ 거리의 화룡시에 사는 정보원은 남서쪽의 산을 가리켰다.

"이상한 사람들이 벌써 많이 올라갔슴다."

"이상한 사람들이라니 그기 뉘기요?"

정보원은 정필 일행을 마을의 어느 골목 안으로 이끌었다.

"저길 보기요. 그 사람들이 타고 온 차임다."

골목 깊숙한 곳에는 승용차 2대와 승합차 한 대가 일렬로 주차되어 있었다.

누군가 볼 것을 우려하여 차들을 은밀한 곳에 감춰놓은 기색이 역력했다.

"공안이오?"

"아임다. 처음 보는 사람이었슴다."

정보원은 그들의 행색에 대해서 비교적 자세하게 설명했다.

"보위부하고 흑사파 같슴다."

정보원의 말을 듣고 김길우가 정필을 보며 초조한 표정으로
말했다.

정보원이 두 손을 저었다.

"나는 사장님한테만 전화했슴다. 기니끼니 저 사람들이 온
거이 저하고는 상관이 없다는 말임다."

정필이 김길우를 재촉했다.

"차를 은밀한 곳에 집어넣고 어서 움직입시다."

정필 일행이 타고 온 레인지로버는 정보원이 잘 아는 집 마
당에 주차를 하고 일행은 서둘러 산으로 들어갔다.

정보원인 조선족 염서록은 탈북해서 산중에 숨어 있는 자
매가 있는 곳은 자기밖에 모른다면서 안내했다.

"이짝은 다 백두산 줄기임다."

깡마른 체구의 염서록은 노루처럼 날렵하게 가파른 산비탈
을 오르면서 앞쪽 산을 가리켰다.

"여기서 백두산 천지까지 100km쯤 됩다."

염서록은 묻지도 않은 말을 지껄이면서 연신 뒤돌아보았다.

정필과 재영에게 이런 산을 타는 건 숙달됐지만 김길우는
벌써 지쳐서 뒤로 쳐져 헐떡거렸다.

"길우 씨, 차에 돌아가서 기다려요."

김길우 때문에 늦어질 것을 염려한 정필이 말하자 김길우

는 난감한 표정을 지었다가 꾸벅 허리를 굽히고는 왔던 길로 도로 내려가기 시작했다.

"얼마나 멉니까?"

정필은 김길우가 산을 내려가는 모습을 보고는 다시 걷기 시작하며 염서록에게 물었다.

"한 10리쯤 더 가야 한다."

10리면 4㎞다. 이런 험준한 산길 4㎞면 정필과 재영의 걸음으로 30분쯤 소요될 것이다.

산이 깊어질수록 사람의 발길이 닿지 않은 듯한 원시림이 끝없이 이어졌으며 바닥에 쌓인 눈이 얼어서 발자국조차 남기지 않았다.

"자매가 거기에 있는 건 어떻게 알았습니까?"

"어린 여자아이가 모테(마을)에 낭구(나무)를 팔러 온 거이 사람들 눈에 띈 검다."

"나무를 팔러 와요?"

"쓸 만한 땔감이 앙이고 산속에 굴러댕기는 낭구 껍닥이나 낭구토막을 장갑도 앙이 끼고 맨손으로 한 아름 안고 와서 내밀더람다."

"몇 살쯤 됐답니까?"

"한 10살은 먹어 보였담다."

정필은 10살짜리 어린 여자아이가 산속에 살면서 굶주림을

견디지 못하여 나무껍질과 나무토막들을 얼어터진 맨손으로 안고 와서 먹을 것을 달라고 하는 모습을 상상하고는 가슴이 쥐어뜯는 것처럼 아팠다.

"그래서 마을 사람이 어쨌답니까?"

"낭구가 돈 주고 살 정도는 앙이라서 사지 앙이 하겠다고 손짓을 했더니 계집아이가 기둥에 매달아놓은 강냉이를 가리키더람다. 기래서 마을 사람이 돼지 먹이 하려고 말리고 있는 강냉이 한 움큼을 주었더니 계집아이가 그거를 주머니에 담고는 연신 고개를 숙이면서 인사를 하고는 가더람다."

"휴우……."

"이런 좆같은!"

정필은 한숨을, 재영은 욕을 동시에 토해냈다.

재영이 일그러진 얼굴로 하얀 입김을 토해내며 중얼거렸다.

"이런 여자아이를 구해서 데려가도 그년은 우리가 북한에서 납치해 왔다고 우길 거다, 개 같은 년."

"기래서 내가 이틀 동안 청산촌에 잠복해 있다가 계집아이가 모테에 내려온 거이 몰래 뒤를 밟았슴다."

염서록은 거의 다 왔다는 말을 대여섯 번이나 반복하고는 여자아이에 대해서 말했다.

"제가 직접 보니까니 계집아이 주제비가 사람이 앙이라 딱 즘생(짐승) 꼴이였슴다."

염서록은 높이 20m쯤 되는 울퉁불퉁한 암벽 앞에서 걸음을 멈추고 속삭였다.

"저김다."

그가 가리킨 곳은 몇 그루 아름드리나무 뒤쪽 암벽 아래에 뚫려 있는 시커먼 동굴이었다.

나무와 수풀에 가려 있어서 여간해서는 눈에 띄지 않을 것 같은 은신처다.

정필 등은 천천히 동굴로 다가갔다. 조심을 했지만 발밑에서 눈가루가 바삭거리면서 부서지는 소리가 흘러나왔다.

바스락……. 바삭…….

염서록이 시키지도 않았는데 동굴에 대고 불쑥 말했다.

"간나야, 거기 있는 거이 아는고마."

정필은 여자아이가 놀랄까 봐 조심스럽게 접근하다가 염서록의 말을 듣고 가볍게 미간을 찌푸렸으나 그를 말리지는 않았다.

염서록의 말에도 동굴에서는 아무런 기척이 없었다.

동굴 앞은 어수선했다. 누런 풀과 나무토막 따위가 흩어져 있고 흙 묻은 작은 발자국이 어지럽게 찍혀 있었다.

그런데 정필과 염서록이 동굴 앞에 섰을 때 뜻하지 않은 일이 벌어졌다.

철커덕…….

동굴 안에서 무슨 소리가 들렸다. 그건 소총 노리쇠를 후퇴시키는 소리가 분명했다.

정필은 즉시 왼팔을 뻗어 염서록을 제지하면서 오른손을 품속에 넣어 권총을 꺼내려고 했다.

"움직이면 갈겨 버리갔어."

그때 동굴 안에서 남자의 냉랭한 목소리가 흘러나왔다.

정필은 품속에 넣으려던 손을 멈췄다.

'보위부가 벌써 온 건가?'

그런 생각이 제일 먼저 들었다. 그게 아니면 어린 자매만 있다는 동굴 안에서 남자 목소리가 흘러나올 이유가 없다.

동굴 안에서 부스럭거리는 소리가 나더니 전혀 예상하지 못했던 모습이 나타났다.

'인민군?'

정필은 자신의 눈을 의심했다. 동굴 안에서 걸어 나온 사람은 틀림없는 북한 인민군 복장을 하고 있으며 소총도 북한 58식 보총이다.

그런데 모자를 쓰지 않은 데다 작달막한 키의 인민군을 양쪽에서 부축하고 있는 것은 두 명의 어린 소녀다.

염서록이 말했던 것처럼 씻지 않아서 새카만 얼굴에 까치둥지처럼 헝클어진 머리카락, 여기저기 찢어진 너덜너덜한 옷을 입은 상거지 꼴이다. 산짐승한테 넝마 옷을 입혀놓으면 이런 몰골일 것이다.

소총을 겨누고 있는 인민군의 오른쪽 다리 무릎 아래를 헝겊으로 묶었는데 옷이고 헝겊이고 다 피범벅이다. 다리를 다쳐서 어린 자매가 부축을 하고 있는 것 같았다.

그런데 정필이 보기에 북한에서 온 것으로 보이는 어린 자매와 그녀들의 부축을 받고 있는 인민군은 어울리지 않는 조합이었다.

"무릎 꿇으라우."

20살쯤으로 보이는 인민군이 정필과 염서록에게 명령했다. 그런데 그는 자신이 총을 겨누고 있는 상황이면서도 몹시 불안한 표정이다.

바로 그때 재영이 인민군 뒤에 기척 없이 접근해서 뒤통수에 권총을 겨누었다.

슥―

"총 내려놔라."

"억……."

움찔 놀란 인민군이 뒤돌아보려는 것을 재영이 총구로 뒤통수를 쿡 찔렀다.

"여기 구멍 생기고 싶니?"

정필이 성큼 앞으로 나서 인민군 손에서 소총을 뺏어 염서록에게 넘겼다.

"갖고 있어요."

정필은 주위를 둘러보고는 이렇게 모여 서 있다가는 보위
부나 흑사파 눈에 띌 것 같아서 인민군과 자매를 데리고 동
굴 안으로 들어가고 재영과 염서록은 동굴 밖을 지켰다.

입구에서 5m 정도 들어가자 동굴의 막다른 곳이 나타나고
바닥에 마른풀이 수북하게 쌓여 있었다.

단지 그것뿐이다. 여기에서 사람이 생활을 했다는 흔적은
어디에도 없었다. 그것은 음식을 전혀 먹지 않았다는 뜻이기
도 하다.

"나는 도우러 온 사람이니까 경계하지 마시오."

정필의 부드러운 말이 인민군과 자매의 경계심을 없애지는
못했다.

"앉으시오."

정필이 말하고 먼저 풀 더미에 앉자 자매가 인민군을 부축
해서 앞에 옹송그리고 앉았다.

동굴 밖에서 스며든 빛 덕분에 정필이 있는 곳은 그다지 어
둡지 않았다.

정필은 자매 중에 어려보이는 소녀의 머리를 쓰다듬었다.

"어디에서 왔니?"

소녀는 정필의 온화한 미소를 보고 조금 경계심을 푸는 것

같았다.

"무산에서 왔습다."

정필은 무산하고 인연이 많은 것 같다.

정필이 쳐다보자 인민군이 무뚝뚝하게 말했다.

"내는 무산 국경수비대요."

"국경수비대 병사가 어째서 이런 곳에서 여자아이들하고 함께 있는 것이오?"

"그걸 어째 물어보오?"

정필은 우선 인민군의 경계심을 풀어야겠다고 생각했다.

"혹시 양석철이라고 아시오?"

인민군이 눈을 크게 뜨는 걸 보고 정필은 그가 석철이를 알고 있다고 생각했다.

"무산 국경수비대 초소에 있는 양석철 말이오."

"아… 암다. 댁이 석철이 형을 어째 아는기요?"

정필은 빙그레 미소 지었다.

"내 친구요."

"말도 앙이 되는 소리."

인민군은 열흘 삶은 호박에 이빨도 박히지 않는 말 한다는 표정을 지었다.

"석철이 동생 선미하고 어머니 이명순 씨를 내가 구했소."

"어……."

정필이 석철이 여동생과 어머니 이름까지 줄줄 읊으니까 인민군은 무척 놀랐는지 눈곱 낀 눈을 휘둥그렇게 떴다.

"석철이 형 여동생하고 아매가 중국에 갔다가 실종됐다는 말은 들었소."

"어머니하고 선미는 잘 지내고 있소."

그제야 인민군은 경계심을 완전히 풀었다.

정필이 품속에서 휴대폰을 꺼내 살펴보니까 안테나가 겨우 한 개 서 있다.

인민군을 부축해서 동굴 밖으로 나가니까 하나였던 안테나가 두 개가 돼서 석철에게 전화를 했다.

신호가 한 번 가고 나서 얼른 끊었다. 만약 석철이 전화를 할 수 있는 상황이라면 잠시 후에 전화가 올 것이다.

휴대폰을 처음 보는 인민군은 그게 뭔지 몰라서 어리둥절한 얼굴로 쳐다보았다.

정필은 담배를 꺼내 인민군과 염서록에게 주고 불을 붙이면서 둘러보니까 재영은 보이지 않았다. 아마 보이지 않는 곳에 숨어서 경계를 하고 있을 것이다. 그는 뼛속까지 특전사 요원이다.

뚜르르르—

정필은 휴대폰 벨 소리가 한 번 울리자마자 받았다.

"석철이니?"

인민군과 자매는 정필이 갖고 있던 까만 쇳덩이 같은 것이 전화기라는 걸 처음 알아서 놀랐고, 그가 '석칠이니'라고 물어서 더 놀랐다.

—기래. 무시기 일이 있니?

"잠깐 누구 바꿔줄게 얘기해 봐라."

정필은 휴대폰을 인민군에게 넘겨주었다.

인민군이 귀에 갖다 댄 휴대폰에서 석철의 목소리가 흘러나왔다.

—정필아, 뉘기를 바꿔준다는 거이야?

"석철 형님."

—어…….

"저 만호임다. 강 아래 3초소 우만호임다."

—아… 앙이 너래 어케 정필이하고 같이 있는 거이야?

"여기 중국임다."

—야아… 이 간나새끼래, 너 탈영했다고 난리났어야.

"석철 형님, 그거이 아임다."

인민군 우만호가 석철과 통화한 내용을 정리하자면 대강 이런 얘기다.

화룡시에 있는 자매의 부모가 북한에 들어가는 사람을 통해서 국경수비대 병사에게 자매를 자기들한테 데려다 달라고 돈을 주고 부탁을 했었다.

북한에 들어간 사람은 평소에 잘 알고 있는 우만호에게 자매를 화룡까지 데려다주라고 부탁을 하고 자매의 부모가 준돈을 건네주었다.

무산에서 두만강을 건너면 화룡시까지 직선거리로 50㎞라서 우만호는 부지런히 걸어 이틀이면 다녀올 수 있을 거라고 계산했었다.

그렇지만 우만호는 인민군 복장에 소총까지 지니고 있기 때문에 길을 따라서는 갈 수가 없다.

그래서 산을 관통하는 방법을 택한 것인데 그게 이 지경이 될 줄은 몰랐다.

"이리한테 물렸슴다."

"늑대 말이오?"

우만호는 정필이 석철의 친구라는 사실을 알고는 말투가 공손해졌다.

그는 피투성이 다리를 가리키며 어설프게 웃었다.

"그렇슴다. 이리가 달겨드는데 총을 쏘면 멀리까지 들리니까니 쏘진 못하고 총을 휘둘러서리 쫓으려다가 재수 없게 물린 검다."

"언제 무산을 떠났소?"

"1월 28일임다. 오늘 며칠임까?"

"2월 10일이오."

우만호가 허탈하게 웃었다.

"발써 13일이나 지났다는 검까? 이거이 참……."

정필은 추워서 오들오들 떨고 있는 자매의 머리를 쓰다듬으면서 물었다.

"몇 살이고 이름은 뭐니?"

똘망똘망한 동생이 대답했다.

"12살 정은하임다."

"15살 정은희임다."

언니인 은희는 동그란 얼굴이고 동생인 은하는 갸름한 얼굴에 언니보다 키가 컸다. 크다고 해봐야 잘 먹고 큰 중국 아이들 8살 정도의 키와 체구였다.

정필이 은하를, 재영이 은희를 업고, 염서록이 우만호를 부축하여 청산촌 마을로 돌아왔다.

다들 레인지로버에 타서 자리를 잡고 앉았다가 재영이 기분 좋게 웃었다.

"보위부하고 흑사파 놈들 산속에서 고생깨나 하겠군?"

"그기 무슨 말임까?"

우만호가 의아한 얼굴로 물었다.

"당신들 찾으려고 보위부하고 중국 조폭 흑사파 놈들이 아까 그 산속을 뒤지고 있소."

우만호가 창밖으로 산 쪽을 보면서 뜻밖의 말을 했다.

"그 산에 우리 말고 다른 북조선 사람들 더 있습다."

염서록이 고개를 가로저으며 은하, 은희 자매를 가리켰다.

"나는 모르는 일임다. 산에 야들만 있다고 들었습다."

정필이 우만호에게 물었다.

"그 사람들이 어디에 있는지 알고 있소?"

"암다. 그 사람들이 우리한테 먹을 거를 노나주기도 하면서 리 이것저것 보살펴 줬습다."

우만호는 그 사람들이 일가족으로 4명이며 산속에서 꽤 오랫동안 생활했다는 것과 그들이 있는 위치를 정확하게 가르쳐 주었다.

정필은 재영과 함께 레인지로버에서 내리며 김길우에게 지시했다.

"길우 씨, 사무실에 누굴 시켜서 차를 한 대 갖고 오라 하고 길우 씨는 먼저 가세요."

"알갔습다."

정필과 재영은 험한 산속을 쉬지 않고 달렸다.

그런데 가파른 오르막을 앞서 달리던 재영이 갑자기 나무 뒤로 숨으면서 뒤따르는 정필에게 엄폐하라는 수신호를 보냈다.

정필이 즉시 나무 뒤에 숨어서 한쪽 눈만 살짝 내밀고 전방을 주시하니까 한 무리의 사람이 이쪽으로 내려오고 있는 광경이 보였다.

점퍼와 파카를 입은 15명 정도의 사내가 꾀죄죄한 몰골의 일가족 4명을 에워싼 형태로 산언덕을 내려오고 있었다.

보위부와 흑사파 놈들이 우만호가 말한 산속에 살고 있는 일가족 4명을 찾아내서 끌고 내려오는 게 분명했다.

끌려오는 일가족 4명의 모습은 사내들에 가려서 보였다 안 보였다 하는데 몰골이 은하, 은희 자매와 다를 바가 없었으며 울고 있는 것 같았다.

정필은 어떻게 해야 할지 난감했다. 15명이나 되는 사내를 상대하는 일이 녹록하지 않기 때문이다.

정필보다 5m쯤 앞선 나무 뒤에 숨어 있는 재영이 사내들이 지나갈 때 덮치자는 수신호를 보냈다.

정필과 재영의 무술 실력이라면 사내 15명쯤은 너끈히 때려눕힐 수가 있다.

하지만 그러려면 시간이 걸리는데 싸우는 도중에 놈들이 권총 같은 것을 꺼내서 쏘면 그걸로 끝이다.

사내들 무리의 발자국 소리가 점점 가까워지고 재영은 정필을 보면서 어떻게 할 거냐고 입을 벙긋거리며 물었다.

정필은 놈들이 지나가기를 기다렸다가 뒤에서 권총을 겨누고 제압하자고 수신호를 보내자 재영이 알았다고 고개를 끄떡였다.

　사박사박……. 저벅저벅…….

　어지러운 발자국 소리가 더 가까워지고, 정필과 재영은 숨어 있는 나무를 등지고 숨을 죽였다.

제54장
겨울 왕국

　정필과 재영은 그들이 지나갈 때 나무를 따라 조금씩 돌면서 모습을 감췄다.

　그때 정필은 사내들 속에 낯익은 얼굴 하나를 발견했다.

　'권보영!'

　7~8m 거리에서 스쳐 지나가는 사내들 속에 섞여 있는 여자는 틀림없는 권보영이다.

　키가 다른 사내들처럼 큰 데다 귀까지 덮은 모자를 쓰고 있는 탓에 멀리서 보고 사내라고 착각했었다.

　현재 권보영은 정필이 검은 천사인 줄 모르고 있다.

그렇지만 지금 정필과 재영이 권총으로 위협해서 일가족 4명을 구하게 되면 권보영은 정필이 검은 천사라는 사실을 알게 될 것이다.

정필과 권보영은 연길에서 이따금씩 마주치는데 그녀가 정필의 정체를 알게 되면 곤란해진다.

누군지 모르는 적과 싸우는 것은 허공에 대고 주먹질을 하는 것이나 같지만, 상대가 누군지 뻔히 알고 싸우면 주먹질을 하는 족족 몸에 맞게 될 것이다.

저기 끌려가는 일가족 4명을 구하는 것도 중요하지만 정필의 정체가 드러나서 앞으로 권보영에게 일거수일투족이 감시당하는 일은 없어야 한다.

그때 마지막 사내가 지나갔고 그 즉시 재영이 cz—75를 사내들에게 겨누면서 나무 뒤에서 나왔다.

정필은 재빨리 모습을 드러내며 재영에게 멈추라고 손짓을 해보였다.

'왜?' 하고 재영이 입 모양으로 물었다.

정필은 재영에게 다시 숨으라는 손짓을 보내고는 얼른 나무 뒤에 숨었다.

"아까 사내들 속에 모자 쓴 여자 한 명이 끼어 있는 것 보셨습니까?"

두 사람은 청산촌으로 전력 질주하면서 정필이 물었다.

"여자가 있었어?"

"있었습니다. 그 여자가 권보영입니다."

"연길에 파견 나와 있다는 보위부 장교?"

재영은 깜짝 놀라는 얼굴로 정필을 쳐다보았다.

"그렇습니다. 그 여자가 제 정체를 알면 곤란해집니다."

"까짓 거 죽여 버리면 되지."

"4명 구하자고 15명을 모두 죽인다는 겁니까?"

"얘기가 그렇게 되나?"

재영은 정필이 달리자고 해서 무작정 달리기는 하지만 그가 어떻게 할 것인지 알지 못했다.

"그래서 어떻게 할 건데?"

"공안의 힘을 빌려야겠습니다."

정필의 말에 재영의 머리가 팍팍 돌아갔다.

"검문을 한다는 거지?"

"그렇습니다."

"기발하다."

청산촌에 도착한 정필과 재영은 차를 갖고 있는 마을 사람에게 돈을 넉넉하게 주고 차를 빌렸다.

흑천상사에서 직원이 차를 한 대 몰고 오겠지만 기다릴 시간이 없다.

기다리다가 권보영 일행이 내려와서 떠나 버리면 그걸로 끝이기 때문이다. 정필과 재영은 권보영 일행보다 더 빨리 검문소에 가야만 한다.

정필이 운전하고 조수석에는 재영이, 그리고 차 주인이 뒷자리에 탔다.

정필과 재영은 가는 길만 차가 필요하기 때문에 두 사람이 내리면 차 주인이 차를 몰고 돌아갈 것이다.

정필은 운전하면서 서동원에게 전화했다.

"동원 씨, 누굴 보냈습니까?"

"터터우, 제가 가고 있습다."

서동원은 사무실 일이 바쁠 텐데도 직접 차를 몰고 정필에게 오고 있는 중이다.

"어디까지 왔습니까?"

"용정 다 와감다."

"용정 들어가기 전에 검문소 새로 생긴 거 압니까?"

"압니다."

"거기에서 날 기다리세요."

"알겠습니다."

요즘은 탈북자 검거 때문에 검문소가 우후죽순처럼 여기저기 많이 생겼다.

그렇지만 정필은 먼저 보낸 김길우를 걱정하진 않는다. 그에겐 길림성 당서기 특수 보좌관 비서라는 신분증이 있기 때문이다.

그러니까 인민군 복장의 우만호를 뒤에 잘 숨기고 신분증만 보여주면 무사히 통과할 것이다.

정필은 용정을 벗어나 연길로 가는 길목에 있는 검문소에 차를 멈추었다.

검문소에서 기다리고 있던 서동원이 얼른 달려와 차에서 내리는 정필에게 인사했다.

검문소에는 공안이 4명 있는데 각 2명씩 한 조가 되어 차선 하나씩을 검문한다.

정필이 공안 한 명을 손짓으로 불렀고, 다가온 공안에게 길림성 당서기 특수 보좌관 신분증을 보여주었다.

정필과 재영, 서동원이 탄 도요타 랜드크루저는 검문소에서 30m쯤 떨어진 해란강 강둑에 있다.

정필은 용정 쪽을 뚫어지게 주시하고 재영은 해란강을 물끄러미 굽어보고 있다.

서동원이 보온병에서 따끈한 차를 컵에 따라 정필과 재영에게 내밀었다.

"드십시오. 터터우께 간다니까 소영 씨가 터터우 드리라고 타준 겁다."

향긋한 쌍화차에 잣이 둥둥 떠 있는 걸 보면서 정필은 절정의 쾌감에 빠져서 금방이라도 기절할 것처럼 할딱거리던 소영의 빨간 얼굴이 떠올랐다.

재영이 쌍화차를 후룩후룩 마시면서 턱으로 강을 가리켰다.

"정필아, 저 해란강이 바로 그 해란강이니?"

"그렇습니다."

'선구자'라는 노래에 나오는 해란강을 묻는 것이다.

"저기 옵니다."

그때 정필이 용정 쪽 도로를 보면서 말했다. 도로에는 아까 청산촌에서 봤던 승용차 2대와 승합차가 검문소를 향해 달려오고 있다.

"잘되겠냐?"

"잘될 겁니다."

재영의 물음에 정필이 확신하듯 대답했다.

"그래도 북한 놈들은 쪽수가 많은데."

"여긴 중국이니까 보위부나 흑사파는 공안에게 맥 못 춥니다. 권보영이 미치지 않은 이상 힘으로 밀어붙이는 짓 같은 건 하지 않을 겁니다."

"그래야 될 텐데."

재영이 달려오는 차를 주시하며 물었다.

"만약 권보영이 힘으로 나가면 우리가 개입해야 되는 거 아니냐?"

"아닙니다. 그래도 지켜봐야 합니다. 공안도 못하는 걸 우리가 나서서 뭘 어떻게 하겠습니까?"

"하긴."

정필과 재영이 보니까 권보영의 차량들이 공안의 수신호에 검문소 앞에서 정지했다.

건너편 도로를 검문하던 공안 2명까지 합세해서 4명이 권보영의 차량으로 모여들었다.

공안은 일단 권보영 일행을 모두 차에서 내리게 했다.

정필이 보니까 보위부와 흑사파 놈들이 차에서 꾸물거리면서 내리고 권보영이 맨 마지막에 내렸는데 산에서 붙잡은 일가족 4명은 보이지 않았다.

권보영이 공안에게 신분증을 보이면서 뭐라고 말하는 모습이 보였다. 자신들은 북한 보위부니까 그냥 보내 달라고 말하는 것 같았다.

그런데 그냥 보내주기는커녕 공안들이 차 문을 다 열고 확인을 하고 트렁크까지 뒤졌다.

그러고는 잠시 후 승합차에 올라갔던 공안 한 명이 뒤쪽에 엎드려 있던 일가족 4명을 데리고 내려왔다.

권보영이 다가갔고 보위부와 흑사파 놈들이 일가족 주위로 몰려들었다. 언뜻 보면 권보영 일행이 힘으로 어떻게 해보려는 것 같았다.

실제로 권보영 일행은 일가족 4명을 승합차에서 데리고 내린 공안을 포위해 버렸다.

그런데 그때 3명의 공안이 권총으로 권보영 등을 겨누고 뭐라고 소리쳤다.

그러자 권보영 일행은 그쪽을 쳐다보았고, 이어서 일가족 4명에게서 천천히 물러섰다.

3명의 공안은 계속 권총을 겨눈 채 권보영 일행을 차에 타게 했으며 마침내 출발시켰다.

정필과 재영은 권보영 일행의 차가 검문소를 지나쳐서 멀어지는 것과 공안들이 일가족 4명을 데리고 검문소로 들어가는 것을 지켜보았다.

정필은 권보영 일행의 차들이 완전히 시야에서 사라진 것을 확인하고서야 차를 몰고 검문소로 향했다.

끽—

검문소 앞 갓길에 차를 바싹 붙여서 세우고 정필과 재영, 서동원이 차에서 내려 검문소로 들어갔다.

좁은 검문소 안의 긴 의자에는 일가족 4명이 겁에 질린 얼굴로 앉아 있고 공안들은 서성거리고 있다가 들어서는 정필을 향해 차렷 자세로 경례를 했다.

정필은 일가족에게 다가갔다. 40대 부모와 10대 중반과 후반으로 보이는 딸 둘이 잔뜩 겁먹은 얼굴로 정필과 재영을 올려다보았다.

정필이 미소 지으며 부드럽게 말했다.

"일어나세요. 우리하고 같이 갑시다."

머리가 수세미 같고 넝마나 다름이 없는 옷을 입고 있는 일가족은 주춤거리면서 일어섰다.

"북조선으로 북송되는 거임까?"

가장으로 보이는 깡마른 사내가 무척이나 공손하게 그리고 두려움에 떨면서 말했다.

"아닙니다. 당신들이 원하는 곳으로 보내줄 겁니다."

"그게 무시기 말임까?"

"일단 여기에서 나갑시다."

정필이 검문소에서 일가족을 데리고 나와 차에 태울 때까지 공안들은 차렷 자세를 취하고 있었다.

정필은 지갑에서 돈을 꺼내 공안 4명에게 100달러씩 나누어주었다.

공안들은 받지 않겠다면서 결사적으로 손사래를 쳤지만 정필이 그들의 손에 일일이 100달러 지폐를 쥐어주면서 말을 덧

붙였다.

"장취방 공안국장에게 당신들의 훌륭한 근무 태도를 말씀
드리겠소."

그 말을 서동원이 통역하자 공안들은 감격한 표정으로 다
시 한 번 경례를 붙였다.

정필 일행은 김길우네 집에 도착했다.

그들보다 일찍 도착한 인민군 우만호와 은하, 은희 자매는
거실 소파에 경직된 모습으로 꼿꼿하게 앉아 있었다.

정필과 재영이 일가족 4명을 데리고 현관으로 들어서는 걸
보고 우만호와 자매는 반가운 표정으로 소파에서 일어나 다
가왔다.

"은하야!"

"은희야!"

"언니야!"

은하 자매와 일가족 자매들은 서로 얼싸안고 기쁨의 눈물
을 펑펑 흘렸다.

이들은 청산촌 산속에서 지내는 동안 같은 처지에 있는 사
람들끼리 서로 의지하고 도움을 주면서 살았기에 비록 짧은
시간이지만 각별한 정을 나누었다.

집에서는 미리 연락을 받은 소영이 같은 층에 사는 서동원

부인 방실이와 엔젤하우스의 젊은 여자 3명을 불러다가 음식 만드는 일을 돕게 했다.

정필은 엔젤하우스에서 아줌마 둘을 불러내려 은하 자매와 또 다른 자매를 욕실로 데리고 들어가서 씻기도록 했다.

김길우가 일가족의 부부를 다른 욕실로 안내했다.

"두 분은 여기에서 씻으시오."

그러면서 어떻게 하면 더운물이 나오고 샴푸나 바디 샤워 따위는 어떻게 사용하는지 목욕을 하는 방법 등을 자세히 가르쳐 주었다.

그때 정필의 휴대폰으로 전화가 왔다.

─정필아.

"석철이니?"

뜻밖에도 석철이다. 아마 우만호가 걱정이 돼서 어디 은밀한 곳에 숨어서 전화를 한 것 같다.

석철이라는 말에 우만호가 반색했다.

"석철 형님임까?"

정필은 고개를 끄떡이고 석철과 통화했다.

"무슨 일 있니?"

─어케 됐네?

"무사히 집에 왔다."

─야아… 내래 걱정 마이 했꼬마이.

"걱정 마라. 다들 무사하다."

─만호 옆에 있니?

"그래."

─만호 바꾸라우.

잠시 석철과 통화하면서 우만호는 펑펑 울었다.

"고맙습다……. 석철 형님 덕분에 살았습다… 으흐흑!"

전화를 끊고 나서 우만호는 석철이 중대장에게 잘 얘기를
해서 우만호가 돌아오기만 하면 아무 일 없게 처리하기로 했
다는 말을 했다.

정필은 평화의원 강명도에게 전화를 했다.

"접니다, 선생님."

그는 늑대에게 다리를 물린 환자가 있으니까 잠시 왕진을
와달라고 부탁을 했고 강명도는 열 일 제쳐두고 즉시 출발하
겠다고 했다.

정필은 우만호를 소파에 눕게 했다.

"의사 선생님이 오시면 괜찮아질 거요."

"말씀 놓으시기요, 형님."

"그래도 초면인데."

"형님은 석철 형님과 친구이시고 저 우만호의 은인이심다.
저를 동생처럼 대하기요."

방에 누워 있는 우승희는 밖이 와자하게 시끄러워지자 무슨 일인가 싶어서 귀를 기울였다.

언제나 절간처럼 고요하기만 한 집 안에 사람들 목소리가 넘치자 괜히 마음이 들떴다.

그런데 그때 밖에서 처음 듣는 카랑카랑한 남자의 목소리가 들렸다.

"형님은 석철 형님과 친구이시고 저 우만호의 은인이심다. 저를 동생처럼 대하기요."

우승희는 움찔 놀랐다.

'우만호?'

방금 그 목소리는 아무도 말하지 않을 때 혼자 말하는 것이라서 똑똑하게 들었다. 분명히 '우만호'라고 했다.

우승희가 7년 전에 떠나온 후 한 번도 휴가를 가보지 않은 고향집에는 부모님과 5살 터울의 남동생이 한 명 있었다.

그 남동생 이름이 '우만호'였으며 그녀가 떠나올 당시 만호는 13살이었다.

우승희는 방금 전에 잘못 듣지 않았다. 그리고 '우'씨 성은 귀한 희성이라서 '우만호'라는 이름은 절대로 흔한 이름이 아니었다.

강명도가 김길우네 집에 도착하여 우만호를 치료하고 있을 때 은하 자매와 또 다른 자매가 목욕을 끝내고 나왔다.

"아유… 머리카락하고 온몸에 이하고 서캐가 얼마나 바글
거리던지… 옷은 버렸슴다."

자매들을 씻겨준 아줌마들이 진저리를 쳤다.

4명의 어린 소녀는 벌거벗은 채 쭈뼛거리면서 거실로 쫄레
쫄레 걸어왔다. 상황이 상황이다 보니까 그녀들은 부끄러운
줄도 몰랐다.

그녀들을 본 정필은 가슴이 울컥하며 콧날이 시큰거렸다.

제일 어린 12살 은하부터 가장 나이가 많게 보이는 18~19살
소녀까지 4명 모두 벌거벗은 몸이 도저히 사람이라고는 여겨지
지 않았다.

어깨뼈와 갈비뼈가 울퉁불퉁 앙상하게 드러났으며 허리는
너무 가늘어서 정필의 커다란 손으로 한 줌도 되지 않을 것
같았다.

더구나 15~19세로 보이는 자매는 사춘기임에도 불구하고
유방이 아예 납작했으며 언니는 사타구니에 몇 올의 노리끼리
한 털이 났을 뿐이다.

"쯧쯧… 야들 죄다 영양실조야."

우만호를 치료하고 있는 강명도가 소녀들을 보더니 안됐다
는 듯 혀를 챘다.

소파에 앉아 있는 정필의 시선이 제일 어린 은하에게 향했

다. 염서록의 말에 의하면 은하가 땔감을 팔러 청산촌 마을에 왔었다고 했다.

청산촌에서 은하 등이 머물렀던 동굴은 족히 5㎞ 이상의 먼 거리인데 험준하기 이를 데 없는 데다 땅땅 얼어붙은 동토(凍土) 위를 신발도 변변하지 못한 걸 신고, 맨손으로 땔감을 안은 채 시린 손을 호호 불면서 그걸 팔러 왕복 10㎞를 이 어린 것이 다녀갔다는 것이다. 겨우 돼지 먹이인 강냉이 말린 것 한 움큼을 얻으려고 말이다.

은하는 그걸 주머니에 담아가지고 와서 언니 은희와 만호하고 둘러앉아서 나누어먹었을 것이다.

"은하야, 이리 와라."

정필이 좋은 사람이라는 것을 알게 된 은하가 그의 부름에 냉큼 다가와서 앞에 섰다.

12살 나이에도 중국 애들 8살 남짓 정도의 키밖에 되지 않는 은하의 앙상한 몸뚱이를 보자 정필은 은하가 이렇게 된 것이 자신의 죄인 양 미안함이 가슴을 꽉 메웠다.

그는 두 팔을 벌려 은하를 꼭 안았다.

"미안하구나. 은하야, 미안해."

그 광경을 지켜보는 재영과 김길우, 우만호, 그리고 음식을 만들던 여자들은 정필의 마음이 전해졌는지 숙연한 마음에 소리 없이 눈물을 흘렸다.

물론 사나이 중에 사나이 재영은 울지 않았다. 하지만 그는 속으로 펑펑 통곡을 하고 있을 것이다.

"가만, 이 애들."

강명도가 옆으로 다가와 정필이 안고 있는 은하의 손을 조심스럽게 잡고 살펴보았다.

"이런… 동상이야."

정필은 은하의 불그스름한 두 손을 보았다. 손만이 아니라 발까지도 불그스름했다.

그리고 은희와 다른 자매도 정도의 차이는 있지만 다들 동상에 걸려 있었다.

강명도가 4명의 소녀의 동상 정도를 살펴보더니 아직 동상 초기라고 진단하여 그녀들을 욕실로 데리고 들어가서 온수로 동상에 걸린 손발을 녹이도록 조치했다.

소녀들을 욕실에 담가놓고 나온 강명도가 갈 채비를 하면서 정필에게 말했다.

"경미 편에 저 아이들 약을 보낼 테니까 시간 맞춰서 먹이도록 하게. 그리고 단백질을 많이 먹이게."

"알겠습니다. 그런데 저 친구는 어떻습니까?"

정필이 우만호를 가리켰다.

"좀 늦은 감이 있지만 괜찮아질 걸세."

강명도는 우만호를 보며 아쉬운 표정을 지었다.

"우리 의원에 입원시키면 좋겠지만 알다시피 입원실이 두 개뿐이라서……."

정필은 퍼뜩 생각나는 게 있어서 강명도에게 물었다.

"이따 밤에 시간 있으십니까?"

"밤에 낙현이하고 한잔하기로 했네."

"그럼 두 분이 함께 삼천리강산으로 오십시오."

강명도는 장난기가 발동하여 눈을 빛냈다.

"자네가 살 건가? 거긴 너무 비싸서 말이지."

정필이 강명도의 농담을 농담으로 받았다.

"오늘 치료비를 공짜로 해주신다면 제가 사겠습니다."

강명도는 입맛이 쓰다는 표정을 지었다.

"요샌 부자들이 더 구두쇠라니까."

정필은 우만호에게 물었다.

"만호야, 은하하고 은희 부모님 계신 곳을 알고 있니?"

"주소 갯고 있슴다."

우만호는 군복 윗주머니에서 부스럭거리더니 꼭꼭 접은 종이를 내밀었다.

정필은 종이에서 썩은 냄새가 진동하는 걸 맡고는 재영에게 부탁했다.

"팀장님이 만호 좀 씻기십시오."

"나 같은 고인력을 그런 일에 써도 되겠니?"

고재영 연봉이 3억인데 우만호 목욕시켜 주는 일 같은 허드렛일에 사용해도 되겠느냐는 뜻이다.

정필은 빙그레 미소 지었다.

"팀장님을 고인력으로 만들어준 사람이 부탁하는 겁니다."

재영은 만호를 번쩍 안고 욕실로 향했다.

"명령이라고 말하지 않아서 고맙다."

정필은 김길우에게 쪽지를 내밀었다.

"길우 씨, 어딘지 알겠습니까?"

"이거이 화룡시 외곽에 있는 공장 주소 같습다. 길터만 어딘지 알갔습다. 여기 가본 적이 있습다."

정필은 주위를 두리번거리면서 누굴 찾았다. 김길우를 은하 자매 부모가 있는 곳으로 보내려는데 누구를 같이 보낼까 찾는 것이다.

그러다 보니까 옥단카가 보이지 않았다. 링링을 호위하라고 붙여놨는데 잘하고 있는지 모르겠다.

"조금 이따가 팀장님 나오면 같이 다녀오십시오."

"알갔습다."

거실에 정말로 상다리가 부러질 정도로 온갖 산해진미가 한 상 가득 차려졌다.

엔젤하우스에 계속 유입되는 탈북자들을 위해서 미리 새 옷을 많이 준비해 놓았다.

깨끗이 목욕을 하고 나서 새 옷으로 말끔하게 갈아입은 은하 자매와 일가족 4명, 그리고 우만호와 정필 등이 커다란 상에 둘러앉았다.

김길우와 재영은 은하 자매의 부모를 데리러 화룡시로 떠나고 여기에는 없다.

"와아……."

은하 자매와 또 다른 자매는 산해진미 앞에서 눈을 휘둥그렇게 뜨고 벌린 입을 다물지 못했다.

"이런 거이 처음 봄다. 이거이 다 먹는 검까?"

"우야야… 생선이 이리 큰 거이 참말 있습까?"

정필은 부드럽게 미소 지었다.

"마음껏 먹어라. 천천히 꼭꼭 씹어서."

그는 부모가 자식을 대하는 마음이 이럴 거라는 생각이 들었다.

4명의 소녀는 생전 처음 보는 갖가지 요리들을 두 손을 사용해서 허겁지겁 먹기 시작했다.

소영은 자연스럽게 정필 옆에 앉았고, 음식 만드는 걸 도운 방실이와 엔젤하우스의 여자들도 상에 둘러앉았다.

방실이와 엔젤하우스의 여자들이 오늘 새로 온 탈북자들에게 정필이 누군지, 그리고 이곳이 어떤 곳인지에 대해서 자세히 설명해 주었다.

은하 자매는 무산에서 왔고, 일가족 4명은 무산에서 가까운 회령에서 왔는데 가장의 이름은 전상우이고 딸은 전옥인, 옥정이다.

정필은 옆에 앉은 소영에게 부드러운 미소를 지어보였다.

"소영 씨, 상 차리느라 애썼습니다."

"그런 말씀을……."

정필에게 칭찬을 들은 소영은 귓불까지 발갛게 붉히며 좋아서 어쩔 줄을 몰랐다.

정필은 은하 자매와 전상우 가족, 우만호가 걸신들린 것처럼 음식을 먹는 걸 보면서 흐뭇한 미소를 지었다.

정필 왼쪽에 앉은 은하는 볼이 미어져라 먹다가 숨이 막혀서 정필이 몇 번이나 손바닥으로 등을 토닥토닥 두드려 줘야만 했다.

정필은 은하 자매와 전상우 가족이 식사하는 모습을 보면서 앞으로 할 수만 있다면 더 많은 탈북자를 구해야겠다고 마음속으로 다짐했다.

소영이 먹을 것을 갖고 방에 들어오자 침대에 누워 있던 우승희는 급하게 속삭였다.

"소영 언니, 내 좀 일으켜주기요."

"어째 그러니?"

"배깥에 그 사람들 상기 있슴까?"

"뉘기 말이니?"

"새로 온 북조선 사람들 말임다."

"고롬. 있지 않고, 주인님하고 얘기하고 있다이."

"낼 좀 보여주기요."

"뉘기?"

"그 사람들 말이오, 어서."

우승희가 하도 보채서 소영은 그녀를 조심스럽게 부축하여
침대에서 내려오게 했다.

"아……."

발이 바닥에 닿자마자 우승희는 허리와 목이 끊어지는 것
같은 극심한 통증을 느끼고 입에서 저절로 신음 소리가 새어
나왔다.

"승희야, 괜찮갔니?"

소영은 자신보다 키가 조금 더 큰 우승희의 팔을 어깨에 두
르고 끙끙거리면서 물었다.

우승희가 볼일을 봐야 할 때면 소영이 지금처럼 부축을 해
주는데 한 번 다녀오면 온몸이 다 해체돼 버린 것처럼 고통스
럽기 짝이 없었다.

"이… 일 없슴다……."

입으로는 그렇게 말하면서도 우승희는 반사적으로 아까 아침에 그녀가 똥을 쌌을 때 정필이 너무도 가볍게 번쩍 안아다가 변기에 앉혀줬던 기억을 떠올렸다.

그때 우승희는 허리와 목이 조금도 아프지 않았었다. 그리고 또한 정필이 그녀를 벌거벗기고 온몸을 씻겨주던 생각이 나서 갑자기 얼굴이 확 붉어졌다.

"종간나……."

"무시기 소리니?"

"아… 아임다."

우승희는 정필을 욕한다는 게 무심코 입 밖으로 나와 크게 당황했다.

우승희는 소영의 부축을 받아 한참 만에야 간신히 방문 앞에 섰다.

"문 좀 살짝 열어보기요. 아주 조금만……."

"너래 어케 이러는 거이네?"

소영은 영문을 알 수 없다는 얼굴을 하고서도 우승희가 원하는 대로 방문을 반 뼘쯤 열어주었다.

소영은 우승희가 쓰러지지 않도록 힘주어서 단단히 부축했고, 우승희는 벽에 기대서 한쪽 눈으로 거실에 앉아 있는 사람들을 살폈다.

'아!'

그리고 거기에 너무도 낯익은 얼굴이 앉아 있는 것을 발견하고 하마터면 입에서 비명이 튀어 나갈 뻔했다.

남동생 만호는 변하지 않은 모습이었다. 그래서 우승희는 자신이 7년의 세월을 훌쩍 뛰어넘어 청진 바닷가 고향집에서 남동생 만호를 바라보고 있는 듯한 착각에 빠졌다.

그러고는 갑자기 바닷가에 있는 고향집과 부모님, 그리고 거기에서 가족들과 함께 행복하게 살았던 시절이 사무치게 그리워졌다.

그 순간 우승희는 내가 지금 여기에서 무엇을 하고 있는 것인가? 라는 생각이 들었다.

사람이 왜 사는가? 무엇 때문에 사는가? 나는 어째서 가족을 7년 동안이나 보지 못한 것인가? 도대체 누가 나를 그리고 우리를 이렇게 만들었나? 하는 의문들이 소나기처럼 쏴아아 하고 그녀에게 쏟아져 내렸다.

탁……

방문을 닫고 나서 우승희를 침대에 다시 눕혀주느라 죽을 고생을 한 소영은 힘들어서 색색거리면서 손가락으로 우승희의 코를 살짝 비틀었다.

"승희, 너래 주인님 훔쳐본 거이네?"

허리와 목이 끊어지는 것처럼 아파서 우승희가 대답을 하지 않고 잠자코 있으니까 소영은 부드럽게 그녀의 머리를 쓰다듬었다.

"우리 주인님 참말 멋지지 않네? 게다가 얼마나 훌륭한지, 지금까지 북조선에서 도강해서리 흑룡강성 길림성 처처에 인신매매로 팔려간 에미나이들 수백 명은 구했다는 말이야. 굉장하지 않니?"

정필에 대해 설명하면서 소영은 자기도 모르게 눈에 눈물이 그렁그렁 고였다.

"우리 아들 철민이가 꽃제비였는데, 그 아를 베트남 밀림에서 구했다지 뭐이니? 참말이지, 우리 주인님은 뭐이라고 말할 수 없을 만큼 훌륭한 분이야."

소영이 흘린 눈물이 뚝뚝 자신의 얼굴로 떨어지자 우승희는 잠긴 목소리로 물었다.

"언니한테 공화국은 뭐임까?"

소영은 우승희의 머리를 계속 쓰다듬었다.

"나한테 공화국은 없어야. 그딴 거이 지옥이지 뭐이갔어. 그저 가고픈 고향이 있을 뿐이지."

그녀는 꿈을 꾸는 듯한 얼굴을 했다.

"나한테는 주인님이 전부야. 주인님께서 나한테 새로운 세상을 열어주셨다는 말이야."

재영과 김길우는 화룡시의 봉제 공장에서 일하고 있는 은하 자매의 부모를 만나서 무사히 엔젤하우스로 데리고 왔다.

은하 자매와 부모가 몇 달 만에 서로 만나 울고불고 난리를 피운 것은 두말할 필요가 없다.

그리고 저녁 8시쯤에 정필은 재영, 김길우와 함께 삼천리강산에 강명도를 만나러 갔다.

먼저 와 있던 강명도는 들어서는 정필을 환하게 웃으면서 맞이했다.

"야아~ 이거이 하루 저녁에 만 위안 이상 하는 삼천리강산 3층 특실을 정필이 덕분에 호강하누만기래!"

강명도와 같이 온 김낙현과 이진철은 미소를 지으며 정필과 재영, 김길우와 인사를 나누었다.

"오라바이, 오셨슴까?"

3층 특실 안내 담당인 성주는 정필이 들어올 때 보지 못했기에 일부러 찾아와서 반갑게 인사했다.

"성주야, 잠깐 앉아라."

정필은 성주를 옆에 앉히고 그녀의 작은 손을 잡았다.

"청강호 선생이 너희 가족을 만났다고 연락이 왔다."

"참말임까?"

"네가 보내주는 돈으로 아끼면서 써가며 굶지 않고 잘 지내고 있다고 하더라. 아버지가 성주 너한테 고맙다는 말 전해 달라고 하셨다."

"그렇습까……? 흑!"

성주는 왈칵 눈물을 쏟았다.

"어머니 무릎은 너희 집이 있는 은덕군에서는 고칠 수가 없다고 하더라."

"우야… 그거이 어쩌면 좋습까……. 아매 무릎 빨리 고치지 앙이 하면 불구된다고 했음둥."

정필은 타이르듯 말했다.

"그래서 말인데, 성주야."

"네?"

재영 등은 조용히 정필을 지켜보았다.

"너희 가족을 이번 기회에 아예 연길로 모시고 나오는 게 어떻겠니?"

곱다는 표현이 딱 어울리는 성주는 화장이 다 지워지는 것도 아랑곳하지 않고 눈물을 흘렸다.

"길케만 되면 저는 더 이상 바랄 거이 없지 않갔슴까? 길티만 은덕에서는 두만강을 도강하는 거이 불가능함다. 얼마나 넓은지 바다 같슴다."

함경북도에서도 최동북단에 은덕군이 있는데 우리한테 '아오지'라는 이름으로 더 잘 알려져 있다.

아! 오지 말았어야지! 라고 해서 아오지라는 이름을 얻었다는 말이 있다. 그랬는데 나중에 김일성이 아오지를 방문하여 현지 지도를 하는 은덕을 내렸다고 해서 '은덕군'으로 바뀌었다고 한다.

아오지가 얼마나 인간 지옥인지에 대해서는 더 설명할 필요가 없다.

어쨌든 아오지, 그러니까 은덕에서 맑고 아름다운 은덕천을 따라서 15km쯤 동북쪽으로 가면 은덕천이 합류하는 두만강이 나오는데 거긴 하류라서 강폭이 좁은 곳이라고 해도 300~400m에 달한다.

더구나 북한과 중국, 러시아 3국의 국경이 중첩되는 곳이라서 경비가 삼엄하기 이를 데 없다.

그러므로 은덕에서 그곳의 두만강을 도강한다는 것은 자살 행위나 같다고 할 수 있다.

그렇다면 은덕에서 가장 가깝고 또 두만강의 강폭이 좁아서 도강하기가 수월하면서 정필의 손길이 뻗치는 곳이라면 온성이 있다.

지난날 명옥이를 정필이 무동을 태워서 건너 주고 돌아올 때에도 마중을 나갔던 곳이 바로 온성이었다. 그때 두만강 중국 쪽에서 정필을 기다리고 있던 향숙이 흑사파에게 강간을 당할 뻔했었다.

여하튼 온성에서 두만강을 건너면 바로 도문이고, 도문에서 연길까지는 40㎞ 남짓이다. 온성까지만 오면 절반은 성공했다고 할 수 있다.

은덕에서 온성까지는 육로로 85㎞이고 북한의 열악한 도로와 차량을 감안할 때 자동차로 3시간 정도 걸린다.

청강호가 은덕까지 가서 성주 가족을 직접 차로 태워오는 방법이 있다.

그때는 은덕군과 경원군, 온성군 3개 군을 넘어야 하므로 강력한 여행증명서가 필요하다. 여행증명서 없이는 절대로 온성까지 올 수가 없다.

"은덕이 아니라 온성으로 모시고 오면 될 거다."

성주는 발딱 일어나 두 손을 가슴에 모았다.

"그케 할 수 있갔슴까? 은덕에서 온성이 100㎞가 넘을 텐데, 제가 온성에서 두만강을 넘었기 때문에 잘 압다. 오라바이. 그거이 가능하갔슴까?"

"청강호 선생이 은덕군 인민보안성 당간부에게 뇌물을 주면 가능할 거다."

여행증명서는 인민보안성에 담당한다.

"오라바이, 고맙슴다……!"

성주는 벌써 가족을 구해오기라도 한 것처럼 와락 정필에게 안기면서 소리쳤다.

그녀는 한복을 입은 채로 정필 무릎에 다리를 벌리고 마주

보고 앉아서 두 팔로 목을 감고 뺨을 비볐다.

"인신매매 당해서리 떼놈한테 죽을 고생을 하던 저를 이렇게까지 거두어 주신 은혜가 하늘 같은데…… 이자 가족들까지 저한테 데려다주면 저는 죽어도 오라바이 은혜를 갚을 길이 없슴다……!"

"어어… 인석아."

성주가 너무 달려드는 통에 정필은 뒤로 쓰러지지 않으려고 그녀를 안았다가 두 손으로 덥석 궁둥이를 붙잡았다.

재영의 눈초리가 쪽 찢어졌다.

'저 새끼, 이 맛에 탈북자 일을 하는 거로군?'

성주가 정필의 귀에 대고 속삭였다.

"오라바이, 이따 주무시기 전에 저 좀 보기요."

"강 선생님, 드릴 말씀이 있습니다."

성주가 울음을 그치지 못하고 나간 후에 정필은 강명도에게 진지한 얼굴로 말했다.

정필은 원래 허튼소리나 농담을 하지 않는 걸 잘 알고 있기 때문에, 더구나 그의 진지한 표정을 보고 다들 긴장하여 그를 주시했다.

"혹시 새로운 의원을 개원하는 것에 대해서 생각해 보신 적 있으십니까?"

아무도 예상하지 못했던 말에 모두들 뜨악한 표정으로 눈만 껌뻑거렸다.

"평화의원은 병실이 두 개뿐이고 진료실도 협소해서 강 선생님께서 여러모로 불편하실 겁니다."

더구나 의원 절반을 쪼개서 안채에 살림집까지 있는 데다 하루 종일 탈북자들이 드나들어서 일반 진료는 거의 받지 않고 있는 형편이다.

강명도는 고개를 끄떡였다.

"그렇지 않아도 언젠가는 조금 큰 곳으로 옮길 생각을 하고 있었네."

그는 김길우를 가리켰다.

"12월부터 이달까지 길우 씨가 매달 꼬박꼬박 10만 위안씩 보내주고 있는 돈을 잘 모으고 있네. 앞으로 서너 달만 더 모으면 지금보다 두 배쯤 넓은 곳으로 이전할 수 있을 것 같네만."

10만 위안이면 한화로 1,500만 원이다. 정필의 지시로 김길우는 매월 흑천상사의 수익금 중 일부를 평화의원에 탈북자 치료비와 사례비 명목으로 보내고 있다. 평화의원으로서는 매월 수입의 5배에 달하는 거액이다.

예전에 평화의원은 거의 공짜로 조선족들과 탈북자들을 치료했었는데 정필이 보내주는 돈 덕분에 요즘은 쪼들리지 않고 좋은 약품들과 의료 기기들을 많이 사들이고 있다.

정필이 고개를 가로저었다.

"지금 당장 큰 의원이 필요합니다. 그래서 말씀인데 제가 작은 건물을 하나 알아보겠습니다."

"뭐어?"

"작은 건물 3층 정도를 사서 통째로 평화의원을 하는 게 좋을 것 같습니다."

"이 친구가……."

정필 입에서 그런 말이 나올 줄 몰랐던 강명도는 눈을 휘둥그렇게 떴고, 김낙현과 이진철도 놀랐다.

"의원을 확장해서 개업하려면 당장 무엇 무엇이 필요한 겁니까?"

강명도는 놀라움을 추스르고 대답했다.

"10병상 이상의 규모라면 연길시장의 허가가 필요하네. 그런데 그게 아주 까다로운 데다 시일이 굉장히 오래 걸려서 말이야."

강명도는 고개를 절레절레 가로저었다.

정필은 아예 한 술 더 떴다.

"10병상이 아니라 이참에 50병상쯤 대폭 늘리는 것이 좋겠습니다."

"아이고, 이 친구야……!"

강명도가 질색을 하는데 특실 문이 열리고 성주의 안내를 받아 다혜와 옥단카, 그리고 메이리와 링링이 들어섰다.

　메이리와 링링이 내일 연길을 떠나기 때문에 정필이 이곳으로 부른 것이다.

　메이리와 링링은 당연하다는 듯이 정필의 양쪽 옆자리를 차지하고 앉았다.

　"지금 강 선생님께서 의원 확장 개업에 대해서 말씀하고 계시는 중입니다."

　정필의 말을 링링이 메이리에게 통역해 주었다.

　"그런데 강 선생님, 조금 전에 하신 말씀을 다시 한 번 해주시겠습니까?"

　강명도는 정필이 어째서 같은 말을 두 번 하라는 것인지 의도를 알지 못했다.

　"10병상 이상의 의원을 재개업하려면 연길시장의 허가가 필요한데 절차가 매우 까다롭네. 그리고 허가가 난다고 해도 시일이 아주 오래 걸려서 내년쯤 돼야 실현이 될 거야. 다시 설명한다고 해도 똑같네."

　정필이 상냥한 표정으로 메이리에게 물었다.

　"메이리, 얼흐어(어떻습니까)?"

　"웬웬땅땅(간단해요)."

　메이리는 미소 지으며 정필에게 고개를 살짝 기댔다.

강명도나 김낙현, 이진철은 중국어에 능통하기 때문에 메이리의 말을 즉시 알아들었다. 그러고는 모두 메이리가 누군지 몹시 궁금해졌다.

정필이 자신의 어깨에 기댄 메이리의 머리를 부드럽게 쓰다듬었다.

"메이리는 위엔씬 씨의 부인입니다."

강명도가 딸꾹질을 할 것 같은 표정으로 눈을 껌뻑거렸다.

"설마… 길림성 당서기 위엔씬 말인가?"

"맞습니다."

"허어……."

강명도뿐만 아니라 김낙현과 이진철까지 아연실색한 얼굴로 할 말을 잃었다.

길림성 당서기의 부인이 저렇게 젊고 아름다운 미인이라는 것도 놀랍지만, 그녀가 마치 정필의 애인인 양 그의 어깨에 머리를 기대고, 또 그가 사랑스럽다는 듯 머리를 쓰다듬고 있는 모습을 어떻게 이해해야 할지 당황스러웠다.

"흐응……."

그때 왼쪽에 앉은 링링은 코 먹은 소리를 내면서 아예 머리를 정필의 가슴에 들이 밀면서 안겨들었다.

정필은 링링의 어깨를 팔로 감싸 품에 안으며 웃었다.

"하하! 얘는 링링이고 위엔씬 씨의 딸입니다."

"허어… 이거야……."

정필은 메이리 모녀를 양팔로 안고 강명도를 보며 미소 지었다.

"강 선생님, 재개원할 수 있겠습니까?"

강명도는 껄껄 웃으면서 두 팔을 벌려보였다.

"허허헛! 방금 전에 의원 재개원 허가가 떨어진 것 같은데? 그렇지 않은가?"

그때 방문이 활짝 열리고 영실이 앞서 들어오면서 환하게 웃었다.

"자! 요리가 나왔슴다!"

소영은 피곤하다면서 일찌감치 자기 방에 들어갔고, 거실에는 우만호 혼자 연길 조선어 TV 방송을 보고 있다.

오늘 새로 온 은하네와 인옥네는 엔젤하우스에 아파트를 배정받아서 위로 올라갔다.

그리고 우승희와 함께 방을 쓰는 송이는 혹천상사 일이 많이 밀려서 야근 중이고, 옆방을 쓰는 다혜는 아직 돌아오지 않았다.

침대에 누워 있는 우승희는 거실에서 흘러나오는 TV 소리와 가끔 우만호가 낄낄거리면서 웃는 소리를 들으면서 어떻게 해서든지 남동생 만호와 만나서 이야기를 해야겠다는 생각을 했다.

"하하하하……."

또다시 우만호의 웃음소리가 들렸다. TV에서 재미있는 프로를 하는 모양이다.

그의 웃음소리가 크지는 않지만 그리 작지도 않게 들리는 터라서 우승희는 한 번 그를 불러보기로 했다.

"만호야."

만약 그녀가 부르는 소리를 다른 사람이 듣게 된다면 곤란하다.

집에는 소영이 혼자 있고 그녀의 방은 거실을 지나서 있으며 또 문을 닫고 있을 테니까 우승희가 만호를 부르는 소리가 잘 들리지 않을 것이다.

한 번 부름에 우만호가 반응이 없자 우승희는 이번에는 조금 더 큰 소리로 불렀다.

"만호야."

낄낄거리던 우만호의 웃음소리가 갑자기 뚝 멈추었다.

"만호야."

이때다 싶어서 우승희는 한 번 더 불렀다.

그러고는 침묵이 흘렀다. 거실에서는 TV 소리만 들릴 뿐 만호의 웃음소리는 들리지 않았다.

우승희는 한 번 더 부를까 하다가 그만두고 잠시 기다려

보기로 했다.

"누가 날 불렀슴까?"

그런데 바로 그때 우승희가 있는 방문 밖에서 불쑥 우만호의 목소리가 들렸다.

"만호야, 문 열고 이리 들어오라이."

우승희는 그렇게 말하고 나서는 몹시 긴장해서 방문을 쳐다보았다.

딸깍…….

이윽고 방문이 반쯤 열리고 거실의 환한 불빛이 열린 문틈으로 새어 들어왔으며 불빛을 등진 우만호의 모습이 검게 보였다.

탁!

우승희는 힘겹게 손을 뻗어서 침대 머리맡에 있는 스탠드를 켜고는 우만호를 불렀다.

"만호야."

여전히 문 밖에 서 있는 우만호는 스탠드의 흐릿한 불빛 아래 누워 있는 우승희를 봤지만 처음에는 그녀가 누군지 알아보지 못했다.

그렇지만 목소리는 귀에 익었다. 아니, 듣자마자 누나 우승희라는 것을 알아차렸다.

"누… 님? 희야 누님이야?"

우만호는 어릴 때부터 우승희를 '희야 누님'이라고 불렀다. 나이 차이가 많을 경우에 북한에서는 누나보다는 누님이라는 호칭으로 부른다.

"기래. 내다, 승희."

"야아… 희야 누님이 어케……."

"날래 문 닫고 이리 가까이 오라."

탁…….

우만호는 문을 닫고 이끌리듯이 절뚝거리면서 우승희에게 다가왔다.

그는 침대에 누워 있는 우승희를 뚫어지게 보더니 왈칵 눈물을 쏟았다.

"누님이 맞구만기래……."

"기래. 우리 만호 오랜만이다이."

우승희도 우만호의 손을 잡고 펑펑 눈물을 흘렸다.

우만호는 7년 전에 군대에 간 우승희가 폭풍군단에 선발됐다는 얘기는 들었다. 그런데 군대 생활을 잘하고 있을 줄만 알았지 설마 누님이 이런 곳에 누워 있을 것이라고는 상상도 하지 못했다.

"누님, 이거이 어케 된 거이야? 어디 아프네?"

우만호는 침대에 걸터앉아서 우승희의 해쓱한 뺨을 어루만지며 걱정스럽게 물었다.

김길우와 다혜는 흑천상사의 집으로 돌아가고 정필 등은 영실네 집으로 왔다.

"술 마실 거임둥?"

다들 샤워를 하거나 자신의 방에서 편한 옷으로 갈아입고 있을 때 정필은 물을 마시러 주방에 갔다가 요리를 준비하는 영실과 마주 섰다.

"메이리와 링링 내일 간다는데 정필이 섭섭하지 않아? 마셔야지 않겠슴둥?"

"그래야겠죠."

탁……

정필은 물컵을 내려놓고 영실을 마주 보고 섰다.

여태까지는 영실을 보고도 아무런 생각이 없었는데 소영하고 은밀한 일을 겪고 나니까 문득 영실도 여자일 텐데 그녀는 어떻게 지내는지, 아니, 더 구체적으로 섹스를 어떤 식으로 해결하는지 궁금해졌다.

정필에게 영실은 어느 누구보다도 가까운 사람이다. 그가 연길에 와서 제일 먼저 만났고 또 그에게 무한정의 도움과 사랑을 보내준 사람이 그녀였다.

그러므로 영실에 대해서는 절대로 모른 체할 수가 없다. 소영까지도 세세하게 챙기면서 그녀보다 훨씬 가까운 영실을 도

외시한다는 것은 말이 되지 않는다.

그건 내가 알 바가 아니니까 그녀가 알아서 하겠지,라고 생각하는 건 방치다.

소영을 가족이라고 생각하기 때문에 하나에서 열까지 다 신경을 써줘야만 한다.

정필이 알고 있는 소영은 자신에 대해서는 전혀 챙기지 못하는 타입이다.

그렇다고 정필이 보기에는 영실에게 남자가 있는 것 같지는 않았다.

결혼을 해본 적이 없는 노처녀인 그녀는 어쩌면 섹스 같은 것에는 전혀 관심이 없는지도 모른다. 정말 그렇다면 안된 일이긴 하지만 정필로서는 다행이다.

그렇다고 그녀가 섹스에 전혀 관심이 없는데도 불구하고 섹스란 이렇게 좋은 것이니까 해보라고 권장할 수 있는 입장도 아니다.

여자나 섹스에 대해서 문외한이나 다름이 없는 정필이 그런 것을 알아내는 것은 한마디로 고역이다.

만약 소영의 일이 아니었으면 정필은 영실의 그런 것에는 죽을 때까지 신경을 쓰지 않았을 것이다.

"누님."

"왜?"

정필이 조용히 부르자 영실은 평소처럼 가까이 다가와서 그에게 스스럼없이 안기는 듯한 자세를 취했다.

"누님, 애인 있습니까?"

영실은 뜻밖의 말에 깜짝 놀라더니 손바닥으로 정필의 가슴을 톡 때렸다.

"정필이도 참……. 내래 그런 거이 어드메 있갔어? 내래 사내는 관심도 없어."

영실이 남자한테 아예 관심이 없다고 말하니까 정필은 조금 안심이 됐다. 하지만 그런 반면에 조금 안됐다는 생각도 들었다.

여자로서, 아니, 사람으로서 성욕을 느끼지 못한다니까 말이다. 그게 아닐지도 모른다. 남자에 관심이 없는 것과 섹스에 관심이 없는 것은 별개의 문제다.

정필은 이쯤에서 그만둘까 하다가 내친김에 한마디 더 물어보았다.

"누님, 남자하고 자봤습니까?"

"……"

무식하면 용감한 법이다. 여자에 대해서 무식한 정필이니까 이런 말을 물어볼 수 있는 것이다.

영실은 몸을 정필에게 밀착시키고 그를 말끄러미 올려다보았다. 그녀의 키는 157㎝라서 정필을 보려면 한참 올려다봐야 한다.

"그거이 무슨 뜻임메?"

정필이 만약 무척이나 예의 바른 사람이고 남녀 관계에 대해서 정통했다면 절대로 이런 식으로 직설적으로 영실에게 물어보지는 않았을 것이다.

"남자하고 섹스해 봤느냐고 묻는 겁니다."

"정필이, 너래……."

영실은 비로소 정필이 뭘 묻는지 깨닫고 눈을 동그랗게 뜨면서 얼굴이 확 붉어졌다.

매너가 없는 데다 무지하기까지 한 정필은 아예 막무가내로 나갔다.

그는 친근감을 과시한답시고 팔을 영실의 허리에 두르고 바싹 끌어당겼다.

"흐윽!"

"솔직하게 대답해 보십시오. 해봤습니까?"

영실은 정필의 눈을 제대로 바라보지 못하고 시선을 이리저리 회피했다.

"그… 그런 거이 어케 묻는 거이야? 정필이 짓궂어……."

"누님을 위해서 알아야겠습니다."

그는 이러는 게 영실을 위한 거라고 믿었다.

"말해보세요. 해봤습니까?"

영실은 기어들어가는 목소리로 겨우 대답했다.

"그… 그럼 이 나이 먹도록 못 해봤갔어?"

"그렇군요."

정필은 영실의 허리에서 팔을 풀고 식탁 의자에 앉도록 하고 자신은 그 옆에 앉았다.

"얘기해 보세요. 누님이 겪은 남자에 대해서요."

영실의 얼굴은 능금처럼 새빨개졌다.

"정필이래 어케 갑자기 그런 거를 묻는 거이야?"

"나는 영실 누님에 대해서는 모든 걸 다 알고 싶습니다."

정필은 '그래야지만 누님을 도와드릴 수 있다'라는 말은 하지 않았다.

'모든 걸 다 알고 싶다'는 말에 영실은 크게 고무되고 또 감격했다.

"그랬군요."

영실의 얘기를 다 듣고 난 정필은 고개를 끄떡였다.

영실의 말에 의하면, 그녀는 23살 파릇파릇한 아가씨였을 때 사랑하는 남자가 있었다.

상대도 영실처럼 조선족이고 두 사람은 서로 몹시 사랑해서 결혼을 약속했었다.

그런데 어느 날 그 남자가 직장에 갔다가 퇴근하는 길에 교

통사고를 당해서 현장에서 즉사하고 말았다.

영실은 하늘이 무너지는 충격을 받았으며, 그때 이후부터
는 남자를 사랑하는 것과 그 남자를 잃어야 할지도 모른다는
사실이 두려워서 아예 남자를 가까이하지 않았다.

영실은 섹스는 첫사랑 남자하고 열 번 남짓 한 것이 전부였
다고 솔직하게 말했다.

막 섹스에 대해서 눈을 뜨려고 했을 때 사랑하는 남자를
잃었던 것이다.

"그럼 23살 이후에는 한 번도 하지 않았겠군요?"

"그래."

영실이 옆에 앉은 정필을 곱게 흘겼다.

"우리가 어드러케 하다가 이런 얘기를 하고 있는 거이야? 망
측하게스리."

"누님, 하고 싶지 않으세요?"

영실은 깜짝 놀라는 표정을 지었다.

"내 나이가 몇 살인데 그러는 거이야?"

"영실 누님 이제 39살 됐죠?"

"그래. 할마이 나이야."

"그럼 성욕을 느끼지 못하는 겁니까?"

영실은 또 얼굴을 붉혔다.

"그거이……."

"말해보세요. 하고 싶을 때 있습니까?"

"기… 기래."

정필은 진심 어린 표정을 지었다.

"누님, 지금이라도 늦지 않았으니까 좋은 남자 만나서 결혼하세요. 내가 알아볼까요?"

영실은 펄쩍 뛰었다.

"그런 말 하지 말라우. 정필이 또다시 그런 말 했다가는 내래 화낼 거임둥?"

"알겠습니다."

영실은 정필을 바라보면서 그의 팔을 쓰다듬으며 온화하게 미소 지었다.

"내는 고조 정필이만 있으면 돼꼬마."

"내가 무슨……"

"정필이가 내 가족이고, 내 남편이고, 모든 거이야. 내래 길케 생각하고 있으니끼니 정필이만 나를 버리지 않으면 내래 행복한 거이야."

"나는 영실 누님한테 섹스를 해줄 수 없습니다."

탁!

"정필이래 못 하는 소리가 없구만기래."

영실은 주먹으로 정필의 팔을 가볍게 때렸다.

"기래도 상관없다이. 내가 정필이더러 안아달라고 하면 그

거이 도둑년 심보지 뭐이갔어. 기니끼니 내래 고조 정필이 곁에만 있으면 되는 기야."

그 말에 정필은 문득 불길한 예감이 들었다. 영실의 말이 꼭 소영이 한 말과 비슷해지고 있기 때문이다.

슥—

정필은 두 손으로 영실의 뺨을 부드럽게 감싸 쥐었다.

영실은 깜짝 놀랐으나 가만히 있었다.

정필이 고개를 숙이면서 입맞춤을 하려고 하자 영실의 눈이 휘둥그렇게 떠졌다.

"저… 정필이… 읍……."

정필의 두툼한 입술이 영실의 작고 도톰한 입술을 덮고는 부드럽게 비비다가 살며시 입술을 열어 잔뜩 겁에 질려 있는 혀를 빨아 당겼다.

"음… 으음……."

영실은 키스를 한 번도 못 해본 여자처럼 어쩔 줄 모르고 버둥거렸다.

정필은 그렇게 30초쯤 혀를 애무하고선 놓아주었다.

"하아아… 하악! 하악! 하악!"

영실은 눈이 풀렸고 얼굴이 새빨개져서 입을 벌린 채 죽을 것처럼 가쁜 숨을 몰아쉬었다.

정필은 그녀의 치마 속으로 불쑥 손을 넣어 팬티에 덮여 있는 그곳을 쓰다듬었다.

"하아악!"

영실이 상체를 뒤로 젖히면서 자지러졌다.

영실의 그곳은 소영처럼 아주 흠뻑 젖어 있었다.

정필은 씁쓸한 얼굴로 손을 빼고는 영실을 품에 안고 등을
부드럽게 쓰다듬어주고 나서 일어섰다.

시험해 본 결과 영실도 소영과 똑같았다. 둘 다 정필만 바
라보고 사는 해바라기다.

정필은 문득 자신이 영실이나 소영의 보호자이며, 가장이
고, 남편이 된 것 같은 기분이 들었다.

영실이 성주하고 둘이서 커다란 앉은뱅이 상에 술과 요리
를 차리고 있을 때 뜻밖에도 김길우가 왔다.

"길우 씨, 웬일입니까?"

집에 갔던 김길우가 다혜를 떨어뜨려놓고 혼자 왔으니 정필
로선 이상했다.

"그냥 술 한잔 더 하고 싶어서리 왔습다."

"이리 앉으십시오."

직사각형의 커다란 상에 다들 둘러앉았다.

"누님은 이리 앉으세요."

정필은 쭈뼛거리면서 서 있는 영실의 손을 잡아서 자신의

오른쪽에 앉혔다.

영실은 평소 같으면 냉큼 정필 옆에 앉겠지만 조금 전에 주방에서 은밀한 일이 있었으므로 부끄러워서 정필의 눈치를 살피다가 마지못해 앉았다.

"헤헤, 그럼 내가 삼촌 옆에 앉아야지."

링링이 재빨리 정필 왼쪽을 꿰차고 앉자 메이리가 노골적으로 입술을 내밀고 원망을 했다.

"링링, 나빠……!"

메이리는 정필 뒤에 무릎을 꿇고 앉아서 두 팔로 그를 꼭 안고 등에 뺨을 비볐다.

"그럼 나는 여기에 앉을까?"

그러지 않아도 되는데 메이리가 하는 말을 김길우가 꼬박꼬박 통역했다.

맞은편에 앉은 재영이 그 광경을 보고 혀를 찼다.

"정필이 쟤가 어디가 좋은 걸까?"

영실이 배시시 미소 지으며 말했다.

"재영 씨, 하루만 여자가 돼보기요. 기리면 10분 만에 정필이한테 반해서리 남자로 돌아가기 싫다고 징징 울기야요."

재영은 혀를 내밀며 손을 저었다.

"윽! 토할 것 같습니다."

술이 여러 잔 돌아가고 난 다음에 링링이 말했다.

"삼촌, 저는 흑천상사 일이 너무나 마음에 들어요. 장춘에 돌아가고 싶지 않아요."

김길우가 고개를 끄떡이며 거들었다.

"서 부장 말에 의하면 링링 씨아오지에(소저)께서 아조 일을 잘하신담다."

"제가 두 대나 팔았거든요?"

링링이 의기양양하게 자랑했다.

사실 흑천상사에서는 물건 즉, 차가 없어서 못 팔 지경이다. 살 사람들은 연길은 물론 장춘이나 심양에서도 몰려들어 줄을 서 있으며 서로 먼저 가져가려고 아우성이다.

링링은 두 팔로 정필의 팔을 가슴에 꼭 안고 흔들면서 아양을 떨었다.

"삼촌, 저 여기에서 일 좀 더 배우면 안 될까요?"

"그건 형님하고 형수님께 여쭤봐야지."

링링은 메이리를 바라보며 애원하는 표정을 지었다.

"메이리."

링링은 새엄마의 이름을 불렀다.

메이리는 약간 콧대를 세웠다.

"정필 씨 옆자리를 양보해 주면 생각해 볼게."

"아유… 메이리."

링링은 얄밉다는 표정을 지었지만 결국 자리를 양보했다.

메이리는 승리자의 미소를 지으며 자비를 베풀었다.

"링링, 파파는 내가 설득할게."

"고마워요, 메이리."

링링은 메이리를 꼭 안고 뺨에 뽀뽀했다. 두 여자는 모녀가 아니라 자매 같았다.

그걸 보고 김길우가 빙그레 웃었다.

"링링 씨아오지에, 그렇지만 아직 터터우께서 허락하시지 않았슴다."

링링은 걱정할 거 없다는 듯 손을 저었다.

"삼촌은 제 편인 걸요?"

술자리가 끝나고 정필의 방 소파에 정필과 재영, 김길우가 모여 앉았다.

"한국에서 사장님께서 보내신 팩스임다."

김길우가 A4지 몇 장을 테이블에 펼쳤다. 한국 사장님이란 선희를 가리키는 것이다.

정필과 재영은 한동안 팩스를 돌려가면서 읽었다.

탁!

"이건 아주 개년이야! 더 읽을 것도 없어!"

재영은 읽던 팩스를 테이블에 팽개치며 욕을 퍼부었다.

선희가 공변숙에 대하여 조사해서 보낸 팩스에는 그녀의 대학 시절부터 현재에 이르기까지 행적이 총망라되어 있었다.

총망라고 뭐고 간에 공변숙의 일거수일투족이라는 것 자체가 모조리 종북, 좌파로 도배를 했다.

정필은 끈기를 갖고 팩스를 처음부터 끝까지 다 읽었다.

그가 보기에도 공변숙이라는 여자는 하나에서부터 열까지 완전히 새빨간 빨갱이 공산주의자가 분명했다.

대학 시절부터 김일성 주체사상에 심취하여 지하운동을 한 것을 시작으로 오늘날 북한 정권의 나팔수가 되어 활동하고 있는 것까지 한마디로 최고 악질 빨갱이다.

정필은 고개를 갸웃거렸다.

"대한민국 테두리 안에서 안전하게 법의 보호를 받으며 잘 먹고 잘살면서 어째서 그렇게 북한을 찬양하는 건지 모르겠군요."

"그러니까 죽일 년이지."

재영이 씩씩거렸다.

"그년 연길에 오면 내 손에 죽는다."

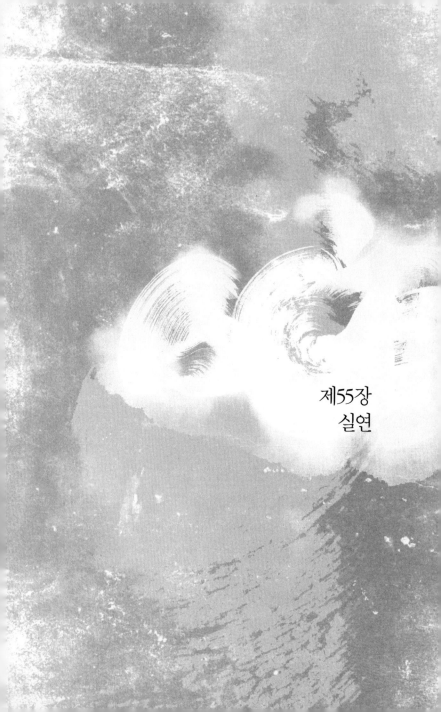

제55장
실연

우만호는 사색이 됐다.

"누님⋯⋯."

그는 누나 우승희에게서 모든 얘기를 다 들었다. 즉, 그녀가
여기에 온 목적에 대해서 말이다.

"누님, 들어보기요. 내는 말이야. 얼마 전까지만 해도 공화
국이 전 세계에서 가장 행복하고 잘 사는 나라인 줄 알았다
는 말이야. 기래서리 김정일 장군님께 충성하는 거이 당연하
다고 생각한 거이지. 길티만 지금은 앙이야."

우승희는 우만호가 무슨 말을 하려는 것인지 짐작했다.

그녀 역시 북조선이 전 세계에서 가장 잘사는 나라인 줄 철석같이 믿고 있다가 연길에 와보고는 그게 새빨간 거짓말이라는 사실을 알았다. 물론 자신이 여태까지 속고 살았다는 사실도 깨달았다.

25년 동안 그게 진실인 줄 알고 굳게 믿고 당에 충성하면서 살았던 것들이 모두 거짓말이라는 사실을 알았을 때의 충격이란 대단한 것이었다.

김일성 대원수님도, 김정일 장군님도 북조선 전 인민에게 언젠가는 기필코 이밥에 고깃국을 먹여줄 테니까 그때까지만 허리띠 졸라매고 죽도록 당에 충성하라고 매일 입만 열면 다독이고 채찍질을 했었다.

그런데 연길에 오니까 여기에서는 집에서 기르는 개새끼조차도 고깃국에 이밥을 말아서 먹고 있었다.

더 웃기는 건, 남조선은 미제와 괴뢰도당들이 인민들을 가혹하게 착취하는 바람에 찢어지게 가난해서 거리마다 굶주린 사람과 아사자들이 넘쳐난다고 북조선에서 가르쳤었다.

그런데 현실은 정반대였다. 개새끼들조차도 고깃국에 이밥을 말아서 먹이는 중국보다도 남조선이 훨씬 더 잘사는 나라라는 것이다.

그래서 중국인들이 남조선에 돈 벌러 가려고 별짓을 다하고 있는 게 지금의 현실이었다.

"누님, 성희하고 성순이 알지?"

우만호가 답답하다는 듯 말을 이었다.

우승희와 우만호 남매를 무작정 좋아해서 매일같이 쫓아다니던 이웃집 착한 성희와 성순이를 모르겠는가.

"그 에미나이들 배고파서 돈 벌갔다고 중국으로 도강했다가 인신매매에 붙잡혀서리 팔려갔댔어."

우만호는 자기보다 한 살 어린 예쁘고 사근사근한 성희를 무척이나 좋아했었다.

그래서 나중에 어른이 되면 성희를 자기 색시로 맞이할 거라고 동네방네 떠들고 다녔었다.

"작년 겨울에 성희하고 성순이가 팔려갔던 중국 시골구석에서 도망쳐서리 고향으로 오갔다고 두만강 넘었다가 어드러케 됐는지 누님은 아는둥?"

뽀얀 얼굴에 수줍은 미소를 떠올리던 성희와 코 질질 흘리면서도 한사코 쫓아다니던 성순의 모습이 눈을 감으면 새록새록 떠올랐다.

"그 에미나이들, 공화국에 넘어오자마자 붙잡혀서리 청진시 보위부에 넘겨지지 않았겠슴둥? 그때 성희가 17살이고 성순이가 15살이었지비."

우승희는 우만호가 씨근거리면서 굵은 눈물을 뚝뚝 흘리는 것을 보았다.

"그런데 말이야. 성희는 젖먹이를 업고 있었고 성순이는 임신해서리 배가 잔뜩 불러 있었다는 말이야. 그기 말이 되는 기야? 그거이 애가 애를 낳고 밴 거이 앙이야? 갸들이 어케 애를 낳고 임신을 한다는 말이야?"

우승희는 놀라서 눈을 크게 떴다.

"흐으윽……! 그 에미나이들 중국 흑룡강성인가 어딘가로 끌려가서리 지 아바이보다 나이 많은 50살 영감한테 팔려갔다고 하더란 말이야."

그때 성희가 16살이고, 성순이 14살이었다고 한다. 북한에서 살 때 허구한 날 굶주렸기 때문에 발육이 형편없어서 그녀들은 생리를 하지 않았다.

한데 남편이라는 영악한 시골 영감들은 자기들보다 30~40살이나 나이가 적은 그녀들이 도망갈 것을 염려해서 특단의 조치를 취한다는 것이 어이없게도 그녀들을 임신시키는 방법이었다.

생리도 하지 않는 여자아이를 어떻게 임신을 시킨다는 말인가? 그걸 가능하게 해주는 것이 중국 시골구석의 허름한 산부인과였다.

산부인과로 끌려간 순진한 여자아이들은 시골 의사의 투박한 손에 의해서 그녀들의 소중한 질과 자궁을 절개당하고 가느다란 관을 난소 난관에 꽂아서 괴이한 약물이 주입됐다.

그리고 어기적거리면서 늙은 남편의 손에 이끌려 집으로

돌아간 후 3개월 만에 생리가 시작됐다. 강제 생리다. 그러고는 성희가 먼저 임신을 해서 아들을 낳았으며, 반년 후에 성순이도 임신을 했다.

"청진 시보위부 놈들이 말이야……! 그 쌍간나새끼들이 떼놈의 씨를 뱄다고 성순이 배를 짓밟아서리 그 에미나이가 하혈을 하고 배가 터져서 그 자리에서 죽었다는 말이야……! 이야아! 그기 사람이 할 짓이야? 어찌 그런 어린아이 임신한 배를 밟아서 죽일 수 있다는 말이야? 그것도 같은 동포가 말이야! 성순이가 임신한 거이 성순이 잘못이야? 로동당이, 앙이, 김정일 돼지 새끼가 배급을 제대로 줬으면 성희, 성순이가 왜 도강을 했갔어!"

우승희는 동생 우만호의 치 떨리는 분노 앞에서 아무 변명도 하지 못했다.

"성순이가 배 터져서 죽은 다음에 성희는 동생 시체를 거적때기에 둘둘 말아서 보위부 배깥 언덕에 대충 묻었다는 기야. 그런 다음에 말이야. 성희는 젖먹이 아들을 안고 단련대로 끌려갔는데 거기에서 하도 굶어서리 젖이 나오지 앙이해서 아들이 배고파 죽었다는 말이야."

우만호는 주먹으로 눈두덩을 문지르며 꺽꺽 울었다. 그는 장차 색시로 맞이하려던 성희의 얘기를 제정신으로 말하는 것이 미칠 것만 같았다.

"아들이 죽고 나서리 성희가 머리가 돌아서 미쳤는데 단련대에서 성희를 내보냈다고 하잖아? 기래서 성희가 고향 집에도 앙이 가고 이리저리 싸돌아 댕기다가 기어코 기차에 치어 죽었다는 말이야, 으흐흑!"

우만호는 누워서 눈물을 흘리고 있는 우승희를 보더니 윽박질렀다.

"우지 말라우. 누님은 울 자격이 없어야⋯⋯!"

우승희의 기억 속에서의 우만호는 그저 어리고 여려서 눈물이 많은 울보였었다.

"성희 아매하고 아바이 어케 됌둥 누님 아네? 딸 둘 다 초상 치르고 나서리 아매하고 아바이 쥐약 먹고 자살했어야. 어흐흑! 내래 그거이 보고 나서 군대 나왔다는 말이야⋯⋯! 어흐으⋯ 참말 위대한 공화국 앙이야?"

우만호는 위에서 아래로 누나를 굽어보았다.

"그런 불쌍한 사람들을 구하는 사람이 바로 정필 형님이라는 말이다. 알아듣니야, 누님? 지금까지 정필 형님이 북조선 사람 수백 명을 구했고, 앞으로 수천 명, 앙이, 수만 명을 구할 거라는 말이야⋯⋯! 내 말 알아듣니야?"

"기래⋯⋯."

우만호의 굵은 눈물이 우승희 얼굴로 후드득 떨어졌다.

"만약 누님이 정필 형님한테 무슨 짓을 하면 내래 절대로 누님을 용서 앙이 할 거다이."

"만호야."

"내래 어카든지 청진에 계신 부모님 여기 연길에 모시고 올
거이야. 평생 죽어라고 고생만 하신 부모님인데 좋은 세상에
서 호의호식 한번 해야지 않갔어?"

"기래. 기래야지……."

우승희는 우만호보다 더 울었다.

재영은 자러갔는데 김길우는 그때까지도 가지 않고 정필의
방 테이블에 마주 앉아 있다.

정필은 깊은 생각에 잠겨 있고 옆에는 옥단카가 오도카니
앉아 있다.

문득 정필은 생각을 멈추고 김길우를 쳐다보았다. 생각해
보니까 김길우는 오늘따라 안색이 어두웠다.

정필은 자신이 그에게 무심했다는 자책이 들었다.

"길우 씨, 무슨 일 있습니까?"

"터터우."

김길우는 착잡한 표정으로 캔에 남아 있는 맥주를 단숨에
마시고 내려놓았다.

"아무래도 말씀드려야 할 것 같슴다."

정필은 김길우가 무슨 어려운 고민이 있을 것이라고 짐작하

여 미소를 지으며 고개를 끄떡였다.

"터터우, 제가 아께 아침에 준태 아매하고 전화 통화하지 않았슴까?"

"네."

옆에 앉은 옥단카가 정필의 발을 자신의 무릎 위로 뻗게 하여 묘족만의 특별한 방법으로 발 안마를 해주고 있다.

"그때 은주 씨 외출하고 없었잖슴까?"

"그랬지요."

"그런데 준태 아매 말이 은주 씨가 안기부 직원하고 외출 나갔담다."

"그래요?"

정필은 중요한 얘기는 아직 나오지 않았다는 생각에 좀 더 기다려 보기로 했다.

"은주 씨, 안기부 직원하고 사귄담다."

"……."

정필은 말문이 막혔다. 놀라서가 아니라 어이가 없어서다. 은주가 어떤 여잔데 안기부 직원과 사귀다니 절대로 그럴 리가 없다.

"길우 씨."

"거기 숙소에 있는 탈북자들 은주 씨가 안기부 직원하고 사귀는 거이 모르는 사람이 없담다."

"……."

정필은 두 번째로 말을 잃었다. 그렇지만 이번에는 어이없어서가 나이라 충격을 받았기 때문이다.

그저께 통화를 했을 때 은주는 울면서 왜 그동안 전화를 하지 않았느냐고, 바람피우는 것은 아니냐면서, 바람피우면 죽어버릴 거라고 난리를 피웠었다.

그런 그녀가 정필이 아닌 다른 남자를 사귄다는 즉, 바람을 피우고 있다는 것이다.

은주하고 같이 있는 숙소의 사람들이 다 알고 있을 정도라면 그저 웃고 넘길 얘기가 아니다.

김길우가 정필의 눈치를 살피면서 조심스럽게 말했다.

"저어… 그 남자는 은주 씨하고 외박도 몇 번 했담다."

김길우는 자신의 말이 정필의 심장에 비수를 꽂을지언정 할 말은 해야겠다고 생각했다.

"알겠습니다."

정필은 가슴 속에서 무언가 커다란 굉음을 내면서 허물어지는 느낌을 받았다.

그는 은주보다는 은애를 더 사랑했었다. 하지만 은애는 혼령이라서 현실적으로 두 사람의 사랑은 이루어질 수가 없으며 장차 부부로 맺어질 수도 없다.

그렇다고 해서 차선책으로 은주를 선택한 것은 아니었다.

은애가 없었다면 정필은 당연히 은주에게 올인을 했을 것이다.

아니, 사실 그는 장차 은주하고 결혼할 생각까지 했었고 할아버지와 부모님, 은주 부모에게도 결혼할 것이라고 대놓고 선언했었다.

김길우가 돌아가고 나서 정필은 욕조에 뜨거운 물을 가득 받고 그 안에 들어가 비스듬히 누웠다.

아무것도 모르는 옥단카도 옷을 벗고 욕조에 들어와 정필 위에 등을 대고 누웠다.

"허허……."

정필은 괜히 헛웃음이 나왔다. 욕이 튀어나와야 하는데 헛웃음이 나왔다.

김길우의 말은 거의 확실할 것이다. 그가 얼마나 꼼꼼한 성격인데, 더구나 정필을 좋아하고 존경하는 그가 허튼소리를 하겠는가.

정필은 기분이 아주 더러웠다.

사람들이 그를 성인군자이고, 미카엘 천사라고 아무리 추켜세워도 그도 인간인 이상 그런 말을 듣고 기분이 좋을 리가 없다.

그런데도 은주를 탓하고 싶지는 않다.

사랑하는 정필은 먼 곳에 있고, 그녀에게 잘해주는 안기부 직원은 가까운 곳에 있으니까 마음이 흔들렸고 그래서 무너졌을 것이다.

은주는 정말 눈이 번쩍 뜨일 정도로 예쁘니까 어떤 남자라고 해도 반했을 것이다.

그래서 정필은 또 하나를 배웠다. 사랑하는 사람하고는 멀리 헤어져 있으면 안 된다는 사실이다.

"허허허……"

정필은 욕을 하고 싶었지만 자꾸만 헛웃음이 나왔다.

그가 자꾸 웃으니까 옥단카가 몸을 돌려 그를 바라보았다.

정필은 옥단카를 자신을 마주 보게 해서 손으로 궁둥이를 떠받쳤다.

"옥단카, 너는 나를 안 버리겠지?"

묘족인 그녀가 한국말을 어찌 안다고 별 얘길 다 하고 있다.

"옥단카는 준상 거예요. 절대 안 떠난다."

그런데 옥단카가 고사리 같은 두 손을 뻗어 정필의 뺨을 어루만지면서 비록 어눌한 발음이긴 하지만 한국말로 그렇게 말했다. 그동안 그녀는 한국말이 많이 늘었다.

"그래, 고맙구나."

정필은 애써 미소 지으며 옥단카의 궁둥이를 두드려 주었
다.

정필은 옥단카에게 테이블에 있는 휴대폰을 갖고 오라고
시켰다.

욕조 밖 목욕 의자에 앉은 그가 전화를 하는 동안 옥단카
가 샤워 타월에 바디 샤워 액을 묻혀서 그의 온몸을 구석구
석 정성껏 문지르고 닦았다.

매일 하고 있는 일이지만 옥단카는 한 번도 건성으로 대강
하는 적이 없다.

"선희야."

―오빠, 무슨 일이야?

밤 10시가 넘은 시간에 전화하는 거라서 선희는 깜짝 놀랐
다.

"음, 부탁할 게 있다."

―뭔데? 좋은 일이야?

정필의 말을 듣고 난 선희는 딱 잘라서 말했다.

―오빠, 얘기 들어보니까 은주 걔 고무신 거꾸로 신은 거야.
틀림없어. 그런 여자는 한시라도 빨리 잊어버리는 게 오빠한
테 좋아.

"그러니까 사실인지 아닌지 알아봐 달라고 너한테 부탁하

는 거야."

—알았어, 오빠. 내가 확인해 보고 전화해 줄게.

선희가 전화를 끊자 정필은 씁쓸한 기분으로 휴대폰을 선반에 올려놓았다.

그런데 통화를 할 때는 몰랐는데 옥단카가 다리를 넓게 벌리고 앉아 있는 정필 앞에 무릎을 꿇고 앉아서 그의 남성을 만지고 있는 게 보였다.

그것에 비누칠을 하고 있는데 평소와는 달리 거길 뚫어지게 쳐다보면서 두 손으로 잡고 위아래로 쓰다듬듯이 만지고 있는 것이다.

정필의 정직한 젊은 혈기는 옥단카가 쓰다듬는 대로 반응을 하고 있었다.

그게 신기한지 옥단카는 거기에서 눈을 떼지 못하고 아주 열심히 만지작거렸다.

철썩!

"인석아."

정필은 옥단카의 궁둥이를 때려주고 벌떡 일어나서 온몸에 물을 끼얹었다.

"뭐이가 어드래?"

사무실에 앉아서 안주도 없이 독한 바이주를 마시고 있던 권보영은 책상 너머에 서 있는 부관 장간치 소위를 날카롭게 쏘아보았다.

"다시 말해보라우. 검문소에서 북조선 종간나들을 빼돌린 거이 뉘기라고?"

"어떤 자가 검문소 공안에게 길림성 당서기 특수 보좌관 신분증을 보여주더랍다."

장간치는 권보영의 명령을 받고 일가족 4명을 뺏겼던 검문소에 다시 찾아가서 자세히 알아보고 돌아왔다.

"길림성 당서기 특수 보좌관? 그게 뉘기야?"

"그건 모르갔슴다. 길티만 길림성 당서기 특수 보좌관이 연길에 살고 있다는 소문이 공안들한테는 파다하담다. 기리고 공안국장이 특수 보좌관에게는 무조건 절대복종하라는 특명을 내렸담다."

"특수 보좌관이 연길에 살아?"

"그렇담다."

권보영은 술잔을 만지작거리다가 벌떡 일어섰다.

"차 준비하라우."

"어딜 가심까?"

"음……."

권보영은 일어섰다가 손으로 책상을 짚고 허리를 약간 굽힌 채 얼굴을 잔뜩 찌푸렸다.

"공안국 부국장 만나러 가는기야."

"지금 시간이……."

권보영이 벽시계를 보니까 밤 10시 15분이다. 연길공안국 부국장을 찾아가기에는 좀 늦은 시간이지만 사태가 사태이니만큼 어쩔 수가 없다.

"이보라우, 장 소위."

"말씀하시기요, 중대장 동지."

"장 소위, 지금 당장 괜찮은 룸싸롱 하나 잡고 펑여우(朋友)한테 연락하라우."

펑여우는 연길공안국 부국장 이름이다.

"알갔습다."

권보영은 의자에 다시 주저앉아서 손바닥으로 사타구니를 꾹꾹 누르는 것처럼 슬슬 쓰다듬었다.

정필에게 두 번에 걸쳐서 발길질로 호되게 걷어 채인 그녀의 사타구니, 더 정확하게 음부는 아주 작살이 났다.

처음에 걷어 채였을 때에는 엄청나게 하혈을 해서 병원에 그것도 산부인과에 가서 치료를 했었다.

그리고 정필을 납치했다가 두 번째로 걷어 채였을 때는 매우 심각한 결과가 초래됐었다.

여의사 말로는 자궁에 매우 중대한 손상을 입었기 때문에 앞으로 임신을 못 하게 될지도 모른다는 것이다.

사실 권보영은 결혼할 생각 같은 것은 애당초 없었으니까 임신을 못 한다고 해도 상관이 없다.

그녀는 어렸을 때부터 남자에게 별다른 흥미를 느끼지 못했으며 오로지 김정일과 로동당에 충성하는 것만이 최대 관심사였다.

그런데 문제는 지금처럼 가끔씩 찾아오는 지독한 통증이다. 아랫배 자궁에서 시작된 바늘로 콕콕 찌르는 것 같고 전기에 감전된 것 같은 찌르르한 충격이 아래로 내려가 음부를 너덜너덜하게 만들어놓고는 한참 만에 끝난다. 그러고 나면 기진맥진한다.

그렇게 통증이 찾아오면 손으로 아랫배와 음부를 부드럽게 쓰다듬어 주면 통증이 조금쯤 덜하다.

"종간나새끼… 내 손에 걸리기만 하면 찢어버리갔어."

그녀는 책상 아래에서 부지런히 음부를 쓰다듬으면서 바득바득 이를 갈았다.

다음 날, 2월 11일 오전에 메이리는 장춘으로 떠났고 링링은 남았다.

정필은 측근들, 그리고 링링과 함께 메이리를 연길차오양촨 공항에서 비행기에 태워 보내고 밖으로 나왔다.

칵!

공항 밖으로 나오자마자 다들 담배 한 대씩 피워 물고 천천히 주차장으로 걸어갔다.

정필 일행 중에서 담배를 피우지 않는 사람은 옥단카하고 링링뿐이다.

"후우우……."

정필이 걸어가면서 굳은 얼굴로 담배 연기를 길게 내뿜는 것을 보고 재영이 물었다.

"정필아, 안색이 안 좋다. 무슨 일 있는 거냐?"

"아닙니다. 잠을 제대로 못 자서."

재영이 팔을 정필 어깨에 둘렀다.

"군대에 있을 때 베개에 머리만 대면 곯아떨어지던 너였는데 잠을 못 잤다는 것은 무슨 일이 있다는 뜻이잖아?"

정필이 대답하지 않고 빙긋 미소만 짓자 재영은 옥단카를 쳐다보았다.

"너 밤마다 저 꼬맹이하고 일 벌이는 거 아냐?"

정필은 정색을 했다.

"팀장님, 실언하다가 죽는 수도 있습니다."

재영은 힘차게 고개를 끄덕였다.

"방금 그 말 취소한다."

앞장선 정필의 레인지로버가 연길 시내로 들어가지 않고 도시를 벗어나 산으로 향했다.

이윽고 레인지로버는 인적이 전혀 없는 산악 도로에서 멈췄고 뒤따르던 벤츠도 멈췄다.

레인지로버에서 정필이 내리자 벤츠에서 내린 재영과 다혜가 물었다.

"여긴 왜 온 거냐?"

"여기 탈북자 있어요?"

덜컥!

김길우가 말없이 레인지로버 짐칸에서 얼핏 보기에 낚시가방처럼 생긴 케이스 하나를 꺼내서 어깨에 메는 걸 보고 정필이 숲으로 걸어 들어갔다.

옥단카와 링링이 그 뒤를 따랐고, 재영과 다혜는 어깨를 으쓱해 보이고는 뒤따라갔다.

김길우가 메고 있던 낚시 가방을 다혜에게 내밀었다.

"열어보시라요."

다혜는 낚시 가방을 받고 정필을 쳐다보았다.

"산속에서 낚시할 일 있어요?"

정필은 팔짱을 끼고 빙그레 미소 짓기만 했다.

직……

지퍼를 열고 낚시 가방 안을 들여다보던 다혜가 동작을 뚝 멈추고 눈을 커다랗게 떴다.

다혜는 지퍼를 열다 말고 정필을 쳐다보았다.

"정필 씨, 이거……."

정필은 빙그레 미소 지었다.

"저격용 소총 갖고 싶다 그랬잖습니까?"

"아아… 이건……."

"위장 때문에 낚시 가방처럼 생겼습니다. 하지만 그 케이스가 원래 제 짝입니다."

다혜는 흥분을 감추지 못하고 서둘러 지퍼를 열고 소총을 꺼냈다.

그녀는 두 손으로 소총을 들고 황홀한 표정으로 이리저리 살피며 들뜬 목소리로 중얼거렸다.

"아아… R93LRS2……. 꿈에서나 만져보던 것인데……."

"그 총에 대해서 압니까?"

물론 정필과 재영은 세계적으로 너무도 유명한 이 저격용 소총을 잘 알고 있다.

그렇지만 보는 것은 지금이 처음이다. 정필은 자신도 처음 보는 것을 다혜에게 선물한 것이다.

"알다마다요."

다혜는 철컥! 철컥! 소리를 내면서 소총을 능숙하게 다루며 설명했다.

"이 R93LRS2 저격 소총의 최대 특징은 노리쇠를 직후방에서 바로 잡아 당겨주는 방식인 스트레이트—풀 액션 기구로 신속한 사격이 가능하다는 점이에요."

그녀는 정필과 재영이 알고 있는 이 소총의 특징을 정확하게 꿰고 있다.

"또한 용도에 맞는 여러 가지 구경에 대응한 라인업이 준비되어 있어서, 총신과 노리쇠를 간단하게 교환하여 무엇보다도 강력한 338 라푸아 매그넘탄까지 사용할 수 있어요."

"호오… 제법인데요?"

정필의 칭찬에 다혜는 신바람이 나서 소총을 어깨에 걸치고 먼 곳의 나무를 조준했다.

"구경은 7.62x51㎜이고 작동 Straight—pull action. 탄창은 10round detachable box magazine. 전장 1,130~1,190㎜에 무게 4.80kg이고, empty without telescope. 망원경 User option. 유효사거리 900m에요."

"사격해 보십시오. 거기 탄환 있습니다."

"이제 보니 이거 사격해 보라고 여기로 왔군요?"

"소음 부스터가 있습니다."

끼럭끼럭…….

다혜는 어느새 소음 부스터를 장착하고 탄창에 338 라푸아 매그넘탄이 가득 들어 있는 것을 확인했다.

"어느 걸 맞출까요? 정필 씨가 골라 봐요."

그녀는 쓰러진 거목에 소총을 얹고 앉아쏴 자세를 하고는 망원렌즈에 오른쪽 눈을 갖다 댔다.

"저기 'ㄱ' 자로 구부러진 나뭇가지 보입니까?"

"너무 가까워요."

투쿵!

가깝다면서 다혜는 벌써 사격을 했다.

그러나 첫 발은 빗나갔다. 생전 처음 이 소총을 쏴보는 것이고 또 풍향 따위를 제대로 계산하지 않았다.

큐웅!

다시 한 발이 발사됐다.

정필은 조금 전에 자신이 가리켰던 'ㄱ' 자 나뭇가지가 잘라지는 것을 확인했다.

다혜는 세 발을 더 쏴보고 소총을 거두었다. 산속이라고는 하지만 연길시 인근의 산이기 때문에 혹시 사람이 있다가 총탄에 맞을 수도 있다.

다혜는 아직도 흥분된 얼굴로 소총을 케이스에 넣고 나서 정필에게 다가왔다.

"고마워요."

"별것 아닙니다."

"이 귀한 걸 어떻게 구했어요?"

"아는 사람이 있었습니다."

사실은 정필에게 중국 공민증을 만들어주는 전문가가 무기 전문가를 소개해 주었다.

다혜는 날아갈 것 같은 표정으로 케이스를 쓰다듬었다.

"이걸 뭐라고 부르는지 알아요?"

"모릅니다."

정필은 알고 있지만 다혜의 기세를 올려주기 위해서 모른 체했다.

"하하하! R93 블레이저 스나이퍼 라이플이라고 해요."

"그렇군요."

다혜는 정필에게 바짝 다가와서 귀에 입술을 대고 속삭였다.

"감동했어요. 한번 자줄게요."

"사양합니다."

"진짜라니까요?"

"총 뺏을 겁니다."

"알았어요."

조금 떨어진 곳에 있는 재영이 히죽 웃었다.

"나는 사양하지 않습니다."

다혜는 사나운 얼굴로 케이스를 들어 재영을 가리켰다.

"당신을 제일 먼저 쏴 죽이고 싶거든?"

정필은 다혜 어깨에 팔을 둘렀다.

"지난번에 두만강에서 다혜 씨가 내 목숨 구해준 것에 대한 보답입니다."

다혜는 걸음을 뚝 멈췄다.

"그런 게 뭐 대단한 일인가요? 내가 그런 상황이라면 정필 씨는 나 구해주지 않을 거예요?"

"구해줄 겁니다."

"그러고 나서 나도 정필 씨한테 목숨 구해줘서 고맙다고 선물해 줘야 되는 거예요?"

"소총 회수할까요?"

"아니… 꼭 그렇다는 게 아니고……."

정필은 손바닥으로 다혜의 궁둥이를 소리 나게 쳤다.

퍽!

"그럼 그냥 써요!"

정필 일행이 흑천상사로 막 돌아왔을 때 정필의 휴대폰이 울렸다. 선희다.

—오빠, 안 좋은 소식이야.

정필은 한 가닥 기대 같은 것도 하지 않았기 때문에 선희의 말에 충격을 받지 않았다. 그는 그저 마무리를 위해서 확인을 하고 싶었을 뿐이다.

—내가 은주 씨하고 사귀는 안기부 직원하고 직접 만나봤
는데 다 사실이야.

정필은 아무 말도 하지 않았다.

—은주 씨는 안기부 직원에게 오빠에 대해서 말하지 않았
나 봐. 내가 오빠 동생이라니까 자기는 은주를 사랑한다면서
앞으로 결혼까지 생각하고 있다고, 잘 부탁한다고 고개 숙이
더라고.

"알았다."

정필이 전화를 끊자 기다리고 있던 서동원이 메모지 한 장
을 내밀었다.

"터터우, 여기에 팔려간 에미나이가 둘 있담다."

"네."

정필은 메모지를 재영에게 내밀었다.

"팀장님이 다녀오십시오."

"어?"

탈북자들을 구하는 일이라면 하나에서 열까지 자신이 직접
나서야 직정이 풀리는 정필이라는 사실을 알고 있는 재영과
다혜, 김길우, 서동원까지도 놀라는 표정을 지으며 그를 쳐다
보았다.

"나는 올라가서 좀 쉬어야겠습니다."

다들 이상하다는 표정이지만 김길우는 정필이 왜 그런지 알고 있다. 그런 데다 조금 전에 선희한테서 전화가 온 것까지 안다.

"자! 오늘은 우리끼리 가기요!"

김길우는 재영과 다혜를 데리고 밖으로 나갔고, 링링은 사무실 일을 돕는다고 흑천상사에 남았으며, 정필과 옥단카 둘이 2층의 집으로 올라갔다.

정필이 집으로 들어갔을 때 소영은 보이지 않았다. 시장이나 근처 슈퍼에 간 모양이다. 그런데 거실에 있어야 할 우만호도 보이지 않았다.

우승희의 방에서 두런두런 말소리가 들려서 정필은 방문을 두드리고 문을 열었다.

척!

"아… 정필 형님 오셨습까?"

우만호가 우승희를 부축해서 침대에서 내려오게 하려고 애를 쓰고 있는 중이었다.

다리를 다친 우만호가 허리와 목을 다친 우승희를 부축하려니까 제대로 될 리가 없다.

둘 다 고통을 참으면서 끙끙거리다가 우만호가 정필을 보며 환한 표정을 지었다.

"누님이… 앙이, 이 동무래 똥 마렵다고 해서리……."

우승희는 침대에서 반쯤 내려온 상태라서 허리와 목이 무지하게 아픈 데다 어제에 이어서 오늘도 하필이면 정필에게 똥을 누여 달라고 하게 생겨서 고통과 수치심이 범벅된 표정으로 그를 바라보았다.

정필은 우승희를 번쩍 안고 화장실로 향했다.

"휴우… 내래 살았슴다."

우만호는 절뚝거리며 거실로 나오고 옥단카는 쭐레쭐레 정필을 따라왔다.

정필은 우승희를 업고 가면서 조용한 목소리로 물었다.

"쌌습니까?"

우승희는 정필과 눈이 마주치자 눈을 내리깔았다.

"싸지 앙이 했슴다."

우승희는 정필을 살짝 흘겼다.

"내래 똥만 싸는 여잔 줄 암까?"

암살조 조장 우승희가 암살대상에게 안겨서 그를 흘겨주고 있다. 그렇지만 그녀 자신은 아직 그런 사실을 깨닫지 못하고 있었다.

"미안합니다. 승희 씨 놀리려고 그런 건 아닙니다. 똥을 쌌으면 옷을 가져와야 하니까."

우승희는 정필이 놀리는 건 줄 알았다가 방금 전에 눈을 흘긴 게 조금 미안해졌다.

척!

정필은 우승희를 변기에 앉히고 그 앞에 웅크리고 앉아서
바지와 팬티를 내려주었다.

변기에 앉혀놓고 옷을 내리니까 잘 벗겨지지 않아서 조금
애를 먹는데 우승희가 한마디 했다.

"보지 말기요."

"뭘 말입니까?"

팬티를 벗기느라 끙끙거리고 있는 정필은 그녀의 말을 알
아듣지 못했다.

"보지 마시오."

"글쎄, 어디를 보지……."

거기까지 말하던 정필은 자신이 방금 한 말에서 정답을 깨
달았다. 거길 보지 말라는 것이다.

그런데 보지 말라니까 괜히 눈이 힐끗 보지 말라는 곳으로
향했다.

"정필 씨! 보지 말기요!"

우승희가 빽 소리치자 정필은 팬티를 발목 아래로 벗겼다.

"뭐, 볼 것도 없이 털만 수북하구만. 무슨 여자가 털이 짐승
처럼 많이……."

"꺄악! 정말……."

정필은 일어서서 그녀의 상체를 뒤에 기대게 해주고 두 손을 아래로 내밀었다.

우승희는 정필의 두 손을 꼭 잡고 눈을 감았다. 그녀는 허리와 목이 아파서 고개를 숙이지 못하고 꼿꼿한 자세로 뒤에 기대 있어야 한다.

그 자세에서 눈을 뜨면 정면에 정필의 하체 중요한 부위가 있기 때문에 눈을 감은 것이다.

어제 우승희는 정필에게 못 볼 꼴을 다 보였기 때문에 이제는 더 창피한 것도 없을 것 같은데 막상 이런 상황이 되니까 또 난감해졌다.

항문에서 대변 나오는 소리가 나지 않게 하려고 괄약근에 잔뜩 힘을 주고 최대한 조심했다.

그러나 자고로 괄약근에 힘을 주게 되면 제일 먼저 반응하는 놈이 있다.

뽀오옹~!

방귀다. 잔뜩 힘을 준 항문으로 가늘고도 길게 새어 나온 방귀는 처음에는 모차르트의 밤의 여왕의 아리아처럼 소프라노로 시작했다가 마지막에는 웅장한 알토로 끝맺었다.

"하하하!"

우승희의 머리 위에서 정필의 너털웃음이 들렸다.

우승희는 너무 부끄러워서 죽고 싶었다. 하필 이럴 때 방귀가 나올 게 뭐람.

"하하하하하!"

정필은 은주 때문에 마음이 크게 언짢았는데 우승희의 방귀 소리를 듣고는 웃음이 터져 버렸다. 그래, 이렇게라도 웃으니까 마음이 조금쯤 편해졌다.

탁!

"웃지 마시라요……!"

얼굴이 새빨개진 우승희는 손바닥으로 정필을 때렸다.

"아야."

그런데 때린다는 게 하필 정필의 그곳을 때렸다.

"미… 안하다."

우승희는 아주 잠깐 자신과 정필이 연인이나 부부 같다는 착각이 들었다.

권보영의 손에는 한 장의 사진이 쥐어져 있다.

벌써 몇 시간째 틈만 나면 사진을 들여다보고 있는 권보영은 수십 번이나 곱씹었던 그 말을 또 중얼거렸다.

"이 종간나새끼가 바로 그 새끼였다는 말이지?"

사진에는 삼천리강산에서 나오고 있는 정필의 모습이 제법 선명하게 찍혀 있었다.

옆에는 옥단카가 선명하게, 그리고 재영과 다혜의 모습도

흐릿하게 찍혔다.

"기래, 이 종간나새끼가 길림성 당서기 특수 보좌관인데 삼천리강산 단골이라는 말이지?"

"그렇습다, 중대장 동지."

"음…….."

권보영은 미간을 잔뜩 찌푸리며 책상 아래로 손을 뻗어 사타구니를 문질렀다.

정필의 사진을 보니까 갑자기 자궁과 거기가 칼로 도려내는 것처럼 아프기 시작했다.

"기런데 우승희 갸는 어케 아무런 소식이 없는 거이네?"

그녀는 신경질을 발칵 냈다. 거기가 아프니까 짜증이 절로 치밀었다.

"우승희, 그 에미나이래 검은 천사한테 접근한 거는 성공한 거이네?"

부관 장간치는 고개를 조아렸다.

"모… 르갔슴다. 원래 잠입하기 전부터 일체 소식을 끊는 것으로 돼 있어서리……."

"이 종간나 에미나이래……."

권보영은 시간이 지날수록 아랫배와 그곳이 찢어발기는 것처럼 고통스러워서 짜증이 정수리까지 치밀었다.

"야! 장간치!"

"말씀하시라요."

"삼천리강산에 부하들 잠복시키라우……!"

"몇 명이나 잠복시킴까?"

"끄응…….'

"중대장 동지, 어디 아픔까?"

"몇 명이고 뭐이고 연길에 나와 있는 보위부 요원들 깡그리 잠복시키라우!"

"알갔슴다."

"저격도 붙이라우."

"저… 격도 말임까?"

휘익!

권보영은 손에 잡히는 재떨이를 집어던졌다.

"야! 너래 이 종간나새끼 귀신같은 거이 모르네? 일개 소대 정도는 이 새끼한테 기별도 앙이 간다는 말이다!"

정필은 자기 방 침대에 누워서 팔베개를 하고 천장을 바라 보았다.

옥단카는 방에 딸린 화장실에서 볼일을 보고 있다.

'그래, 깨끗이 잊자……!'

그는 선희의 전화를 받고 난 이후 줄곧 은주에 대한 생각 을 머리에서 떨치지 못하고 있는 중이다.

딸깍……

그때 문이 열리고 소영이 들어왔다.

"주인님 오셨다고 해서리……"

그녀는 문을 닫고 침대 옆으로 와서 조마조마한 표정으로 정필을 굽어보았다.

소영은 소매를 걷어 올린 티셔츠에 무릎 아래까지 오는 헐렁한 치마를 입고 머리를 틀어 올려서 핀으로 고정시켰으며, 숨을 쉴 때마다 오르락내리락하는 터질 듯한 젖가슴이 팜므 파탈의 뇌쇄적인 모습에 다름 아니다.

슥—

정필은 손을 뻗어 소영의 손을 잡아 침대에 앉히고는 곧 자신의 옆에 쓰러뜨려 거칠게 키스를 했다.

"으읍… 음……"

소영은 깜짝 놀랐으나 조금도 저항하지 않고 온몸을 정필에게 온전히 내맡겼다.

그녀로서는 언제나 정필의 손길을 고대하고 있었기 때문에 저항할 리가 없다.

정필은 소영의 혀를 빨면서 손으로는 그녀의 티셔츠와 브래지어를 한꺼번에 걷어 올렸다가 이번에는 얼굴을 터질 듯한 유방에 묻고는 배고픈 어린아이처럼 빨아댔다.

"아아아……"

소영은 몸을 바들바들 떨면서 두 손으로 정필의 머리를 꼭 끌어안았다.

몸에 몇만 볼트 전기가 흐르는 것 같기도 하고 녹아버리는 것 같기도 했다. 이런 굉장한 느낌은 난생처음이다.

정필은 힘차게 유방을 빨면서 동시에 그의 커다란 손은 소영의 스커트를 걷어 올리고 팬티 속으로 영활한 한 마리 뱀처럼 스며들었다.

"흐으으… 아아… 주… 주인님……."

소영은 죽는다고 신음을 흘리면서 다리를 넓게 벌렸다.

그때 정필의 동작이 뚝 멈췄다. 그는 바들바들 경련하고 있는 소영의 뒤쪽 화장실 입구에 오도카니 서서 이쪽을 주시하고 있는 옥단카를 발견했다.

옥단카의 커다랗게 뜬 두 눈이 정필에게 오버랩되었다.

"하아아… 주인님……."

소영은 흐느적거리면서 신음을 흘렸다.

정필은 벌떡 일어나 그대로 방을 나가 버렸다.

2월 12일, 공변숙이 연길공항에 도착했다.

공변숙은 일행 8명을 이끌고 보무도 당당하게 연길공항 출구로 나섰다.

그리고 조선족으로 보이는 남녀들이 공변숙 일행을 열렬

하게 환영하면서 목에 꽃목걸이를 걸어주는 등 갖은 쇼를 벌였다.

그러고는 공변숙 일행은 조선족들과 함께 대여섯 대의 차에 분승해서 연길 시내로 향했다.

『검은 천사』 9권에 계속…

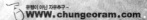

이모탈 퓨전 판타지 소설
FUSION FANTASTIC STORY

용병들의 대지
Road of Mercenaries

이 세계엔 3개의 성역이 존재한다.
기사들의 성역, 에퀘스.
마법사들의 성역, 바벨의 탑.
그리고… 그들의 끊임없는 견제 속에 탄생하지 못한

『용병들의 대지』

전쟁터의 가장 밑을 뒹굴던 하급 용병 아론은
이차원의 자신을 살해하고 최강을 노릴 힘을 가지게 된다.

그의 앞으로 찾아온 새로운 인생!
아론은 전설로만 전해지던
용병들의 대지를 실현시킬 수 있을 것인가!

Book Publishing CHUNGEORAM

현대 천마록

천하를 호령하고, 전 무림을 통합한
일월신교의 교주 천하랑.
사람들은 그를 천마, 혹은 혈마대제라고 불렀다.

『현대 천마록』

무공의 끝은 불로불사가 되는 것이라 생각했지만
그로서도 자연의 섭리 앞에선 어쩔 수 없었다!

'그렇게 많은 피를 흘렸음에도 불구하고
죽을 때가 되니 남는 것이 없군그래.'

거듭된 고련 끝에 천하랑의 영혼이
존재하지 않게 된 그 순간
그의 영혼은 현세에서 천마로서 눈을 뜬다!

Book Publishing CHUNGEORAM

유행이 아닌 자유추구 -
WWW.chungeoram.com

FUSION FANTASTIC STORY

가프 장편소설

시크릿 메즈
SECRET MEZ

─너는 10,000개의 특별한 뉴런을 더하게 되었어.
매직 뉴런, 불멸의 뉴런이지.

실험실 알바를 통해 만난 '6번 뇌'.
우연한 만남은 이강토를 신비의 세계로 이끈다.

『 시크릿 메즈 』

매직 뉴런을 탑재한 이강토의
정재계를 아우르는 좌충우돌 정의구현!
긴장하라, 당신이 누구든 운명은 이미 그의 손안에 있으니!

"무슨 꿍꿍이가 있는지, 어디 한번 봐볼까?"

Book Publishing CHUNGEORAM

유행이 아닌 자유추구 -
WWW.chungeoram.com